G. DE MORLON

LE DERNIER CRIME

DE

JEAN HIROUX

PARIS
POULET-MALASSIS, ÉDITEUR
97, rue Richelieu, 97

1862

LE DERNIER CRIME

DE

JEAN HIROUX

Alençon. — E DE BROISE, imp et lith.

G. DE MORLON

LE DERNIER CRIME

DE

JEAN HIROUX

P. M.

PARIS

POULET-MALASSIS, ÉDITEUR

97, rue Richelieu, 97

1862

I

LE DÉBITEUR ET LE CRÉANCIER

Le docteur Cotton devait, depuis trois ans, cinq cents francs à son ami Babylas.

On a prétendu qu'un service d'argent était toujours fatal à l'amitié; c'est un bruit que quelques égoïstes font courir pour s'acquitter gratis envers elle.

Toute dette resserre singulièrement, au contraire, les liens soi-disant affectueux qui peuvent exister entre deux hommes ; elle légitime l'intérêt réciproque qu'ils se portent.

Aussitôt que quelques louis sont passés d'une poche dans l'autre, l'amitié qui, pour les propriétaires des deux récipients, n'avait été jusqu'alors qu'une valeur banale, obtient un cours immédiat et se cote officiellement par un chiffre.

On peut donc opposer à l'argument qui nous a servi d'exorde, cet aphorisme : Que, pour avoir de vrais amis, il faut leur emprunter de l'argent.

Le docteur Cotton avait raisonné de la sorte vis-à-vis de son ami Babylas, et Babylas justifiait le raisonnement du docteur Cotton.

Celui-là était d'une exactitude mathématique à rendre au médecin une visite mensuelle, et cela, bien que, depuis trois années, il n'eût pas reçu, de ce dernier, autre chose que de merveilleuses promesses ; mais si ces promesses n'amoindrissaient pas le capital, au moins, à chacune de ses visites, Babylas percevait-il quelques intérêts.

D'abord, aussitôt que la figure imberbe et rougeaude du créancier se montrait dans l'entre-bâillement de la porte qui ouvrait le salon du docteur Cotton, les joues de celui-ci s'empourpraient jusqu'aux oreilles, une légère confusion se peignait sur son visage; il avait besoin de quelques attaques pour retrouver, dans l'instinct de la défense, l'aplomb assez notable qui le caractérisait; — or, Babylas n'avait point le cœur assez élevé pour résister à la tentation d'escompter l'humiliation d'un camarade au profit de son amour-propre.

Le docteur Cotton faisait ensuite passer devant les yeux de Babylas la fantasmagorie de la fortune gigantesque qui ne pouvait plus longtemps tenir rigueur à un disciple aussi distingué de la déesse Hygie. Babylas s'associait nécessairement à ces émouvantes espérances; puis, pour s'assurer de la réalité de ces perspectives, avec l'assurance que donne la conscience d'une valeur de cinq cents francs plus considérable que celle de son ami, il ouvrait sans façon aucune l'agenda de ce dernier, il nombrait les visites à rendre, les tariffait d'après la sonorité des noms des malades et achevait de prendre confiance dans les destinées de sa créance. — Enfin, compensations plus matérielles, il profitait de la circonstance pour interroger gratuitement la science sur les dangers que pouvait avoir pour lui un coryza chronique dont l'entêtement l'épouvantait quelquefois; il ne se refusait jamais à l'offre que lui faisait le docteur de partager avec lui le déjeuner ou le dîner, selon l'heure.

C'est ainsi que, depuis trois années, Babylas était venu trente-six fois chez son ami

Cotton, dans des dispositions menaçantes, et que trente-six fois il en était sorti la panse élargie, l'œil épanoui et le cœur rasséréné.

Un jour de septembre 18.., Babylas accomplissait sa trente-septième révolution, en franchissant l'espace qui sépare les Batignolles, où il demeurait, de la rue Saint-Jacques, qu'habitait son débiteur.

Il entra dans la cour humide et sombre, gravit l'escalier et frappa trois coups à la porte de l'appartement du docteur, en séparant ces coups par des intervalles égaux, ainsi qu'il avait l'habitude de le faire; car c'était un homme méthodique dans tout ce qu'il entreprenait.

Le troisième coup n'avait point achevé de retentir, que le petit volet placé derrière le grillage en fer d'un judas, glissa dans sa rainure, et que le visage frais et satiné d'une jolie personne s'encadra dans le panneau de la porte.

Ces précautions indiquaient, peut-être, que le docteur avait beaucoup d'amis du genre et de l'espèce à laquelle appartenait Babylas; quoi qu'il en fût, le créancier, avec son chapeau fortement incliné sur la perpendiculaire de son visage, ce qui est, comme chacun le sait, l'indice de préoccupations graves ou de véhémentes résolutions, trompa complétement la vigilance du charmant cerbère chargé de protéger les méditations du savant.

Aux sourcils contractés, au regard sombre, à la moue prononcée du visiteur, elle crut reconnaître un de ces malades rechignés qui enveloppent dans le même anathème le mal dont ils souffrent et le médecin dont ils sont forcés d'implorer le secours; elle ouvrit prestement la porte et fit une gracieuse révérence à Babylas lorsqu'il parut sur le seuil.

C'était la première fois que Babylas voyait cette jeune fille chez son ami le docteur. Il accorda quelque attention aux avantages extérieurs dont elle était douée; mais les provoquants sourires de la servante ne parvinrent pas à entamer l'airain dont son cœur de créancier était blindé; au contraire, ils semblèrent redoubler sa mauvaise humeur.

— Il me semble, pensait-il, que M. le docteur Cotton pourrait bien se montrer plus modeste. — Voici une servante belle comme Vénus et vêtue comme les Phrynés modernes; avant de se donner ce luxe de Sardanapale, il eût été honnête et délicat au docteur de songer à mes cinq cents francs!

Pendant que Babylas dresse l'inventaire de la servante du docteur en homme que ce point intéresse, faut-il faire le portrait de celle-ci?

Les médecins se refusent si opiniâtrément à voir dans la vertu autre chose qu'une question de tempérament et d'humeur, qu'ils ont rendu leur prochain sceptique à l'endroit de leur propre sagesse.

Lorsque tout à l'heure nous allons parler du maître de cette fillette, forte en chair et très-appétissante ; lorsque nous dirons qu'il était garçon, qu'il n'atteignait pas la quarantaine, qu'il avait été construit par la nature dans des conditions sanguines et pléthoriques qui sont scientifiquement incompatibles avec une pudique retenue, le lecteur indigné nous accusera d'immoralité dès les premières lignes.

Pour demeurer dans le respect de ces honorables scrupules, il faudrait esquisser le portrait d'un Quasimodo femelle comme étant celui de la servante du docteur ; — mais on a si peu de confiance dans le goût de gens qui osent trouver un squelette ou beau ou joli, que peut-être chargerions-nous inutilement notre conscience du vilain péché de mensonge.

Laissons donc la servante du docteur telle que le bon Dieu l'avait faite : honni soit qui mal y trouve ; et reprenons notre récit.

La servante du docteur adressait donc à Babylas ses plus belles révérences.

— Mon ami est-il chez lui ? demanda celui-ci en appuyant sur les deux premiers de ces mots, comme pour montrer patte blanche.

— Certes oui, monsieur, répondit la servante, c'est l'heure de notre consultation ; il ferait beau voir que nous nous absentions lorsque nos malades sonnent à la porte de leur providence.

La servante parlait au pluriel ; c'est une habitude désagréable dont la domesticité des célibataires consent difficilement à s'affranchir.

— Y a-t-il donc beaucoup de monde avant moi ? demanda Babylas, évidemment tiraillé entre l'inquiétude que lui causait la perspective d'une longue attente et la joie avec laquelle il recevait ce témoignage de la vogue de son ami.

La servante rougit.

Cette rougeur, l'hésitation qu'elle mit à répondre, indiquaient qu'en dépit des recommandations que le docteur lui avait probablement adressées à ce sujet, elle avait quelque peine à triompher de sa franchise native.

— Ah! monsieur, dit-elle enfin, c'était hier qu'il eût fallu voir cela! notre sonnette allait comme un tocsin; nous ne savions où donner de la tête; on se battait pour entrer; mais aujourd'hui nous sommes un peu plus tranquilles, et, avant une heure ou deux, monsieur aura vu son tour arriver.

— Une heure ou deux! s'écria Babylas, qui avait d'abord regretté qu'aujourd'hui ne ressemblât pas à hier; mais je ne suis pas un malade, moi : je suis un ami, un camarade;

donnez mon nom à ce cher Cotton, et vous verrez qu'il ne souffrira pas que j'attende, même cinq minutes.

La servante prit la carte que lui présentait Babylas, et disparut après avoir installé celui-ci dans la salle à manger.

C'était une grande pièce, assez pauvrement meublée d'un buffet, d'une table de noyer, de chaises dépareillées et de rideaux de calicot nankin, que le soleil avait zébrés de larges raies blanchâtres.

Telle qu'elle était, cette pièce n'en affichait pas moins certaine couleur médicale; elle avait ses prétentions à passer pour une de ces galeries qui sont chargées de distraire les loisirs des clients de la médecine à la mode.

Les murailles étaient littéralement couvertes de tableaux, petits et grands; mais tous, nous devons leur rendre cette justice, uniformément exécrables; les études des rapins de l'École des Beaux-Arts, achetées dix francs aux regrattiers artistiques de la rive gauche, constituaient le fonds de la collection du docteur Cotton.

Celui-ci se montra bon prince, il ne fit pas attendre son ami au delà des limites que ce dernier avait lui-même assignées à sa patience; les cinq minutes n'étaient pas écoulées qu'il se présentait dans la salle à manger avec un empressement et un sourire du meilleur augure.

Nous avons dit que le docteur Cotton avait quelque quarante ans; ajoutons qu'il était court et replet; qu'il avait la lèvre charnue, l'abdomen proéminent, indices d'une propension naturelle aux satisfactions matérielles; que son crâne dénudé indiquait qu'il traitait ses penchants avec une faiblesse toute paternelle; que sa figure, plus large que longue, eût semblé bonasse sans le démenti que donnaient à cette apparence physionomique deux yeux petits, que l'on eût crus troués avec une vrille dans cette masse charnue, mais vifs, perçants, jetant des éclairs sous les larges lunettes d'or, qui n'en atténuaient qu'imparfaitement l'expression à la fois malicieuse et rusée.

Il était vêtu d'une robe de chambre en cachemire, d'un rouge qui avait pu être éclatant; il était coiffé d'un de ces bonnets de velours noir, qui ont remplacé le chapeau pointu traditionnel pour les descendants de Sganarelle.

Le docteur Cotton s'avança vers son visiteur, et présentant ses deux mains à celui-ci :

— Eh! c'est ce cher Babylas, s'écria-t-il avec un de ces accents méridionaux passés à l'état chronique et rebelles à toute tentative de traitement; embrasse-moi donc, mon bon, je pensais à toi tout à l'heure.

Babylas, qui avait repris l'air gourmé qu'il

avait en entrant, se prêta de mauvaise grâce aux manifestations de tendresse de son ami.

— Je te jure, reprit celui-ci, qu'en voyant le succès couronner mes laborieuses tentatives, ma première pensée, mon premier mot, a été de me dire : Je vais donc enfin pouvoir prouver à cet excellent Babylas qu'il n'a point obligé un ingrat !

La physionomie de Babylas se rasséréna ; malheureusement le docteur ajouta :

— Oui, mon bon, comme le grec de Syracuse, je puis à mon tour m'écrier : *Eurêka !* Tu me vois en train de poser le pied sur le premier des échelons qui doivent me conduire aux honneurs et à la fortune ; — avant six semaines, mon ami, avant six semaines, j'aurai la croix ! et...

Babylas avait rendu à son visage toute la sévérité et toute la dignité dont ce visage était susceptible.

— Certes, fit-il, d'une voix sèche et railleuse, je serais heureux de voir l'étoile des braves briller à ta boutonnière; mais, je te l'avoue, il est une autre nouvelle qui ne me serait pas moins agréable à apprendre. Il y a trois ans, docteur, trois ans pleins, que tu m'as emprunté cinq cents francs que tu devais me restituer dans la semaine; et il me semble...

— Tu es gêné! s'écria le docteur avec vivacité; ne t'en cache pas, mon bon, tu es gêné!

— Eh bien, oui, au fait je suis gêné, répliqua le créancier, dont en ce moment la résolution allait jusqu'à la colère.

— Tu es gêné, continua le docteur en donnant à ses traits, à son accent, l'expression douloureuse que devait avoir le visage de César, reprochant à Brutus son forfait, tu es gêné et tu as hésité à t'adresser à ton vieil ami Cotton!

— Mais non, mais non, tu vois bien que non, puisque...

— Ne t'excuse pas! Douter du cœur d'un galant homme, douter de la tendresse d'un ami! Ah! Babylas, c'est bien mal! Voyons, combien te faut-il?

— Mais, cinq cents francs; car d'intérêts, il ne peut en être question entre nous.

Le docteur ne parut pas avoir entendu la réponse de Babylas.

— Veux-tu mille, veux-tu deux mille francs? continua-t-il avec une véhémence entraînante.

Babylas baissa la tête; il se trouvait bien petit en face de tant de générosité; il avait envie de se jeter à genoux et de demander pardon à son débiteur de l'inconvenante mauvaise humeur qu'il avait laissé entrevoir.

— Non, dit-il, avec mes cinq cents francs je crois pouvoir me tirer d'affaire.

— Mais non, mais non, criait le docteur, tes cinq cents francs t'appartiennent; je veux te rendre un service et non pas ton argent.

Babylas avait les larmes aux yeux.

— Voyons, dit le docteur, qui ne paraissait pas moins attendri, confie-moi tes fredaines et les peines qui en sont, hélas ! la conséquence. — Tu as payé une orgie d'acajou à quelque grisette ? Tu as rencontré un brelan carré avec vingt et un dans la main ? Tu as cru à l'éternité de patience que t'avait promise papa Gobseck ?

— Mais je te jure...

— Ne rougis pas ! je te donne ma parole d'honneur d'être indulgent pour tes fautes. — Parle, quand te faut-il cette misère ?

Babylas se grattait l'oreille ; en face de ces éclatants témoignages d'abnégation, il redoutait de se montrer exigeant.

— Mais, dit-il humblement, si tu pouvais aujourd'hui, ou bien demain au plus tard...

— Bast ! riposta le docteur avec une légèreté dédaigneuse, tu feras bien patienter ton juif une semaine. Les créanciers, mon cher, ressemblent au gibier : ils ne sont tendres que lorsqu'ils ont attendu.

Les sourcils de Babylas reprirent leurs plis les plus orageux.

— Après cela, fit le docteur, auquel rien de ce qui se passait dans l'âme de son interlocuteur ne paraissait échapper, si tu es sous le coup d'une saisie, si tu sers de cible au papier timbré, après t'avoir adressé sur ton inconduite les légitimes reproches que me dicte mon affection toute paternelle, je ne suis pas homme à hésiter devant les plus pénibles des sacrifices pour t'aider à sortir de la désagréable situation où tu t'es mis. — Tu as vu dans ma salle à manger ce grand tableau placé en face de la fenêtre ?

— Un portrait de forte femme ?

— Un chef-d'œuvre, mon cher, un chef-d'œuvre du sublime artiste sous le pinceau duquel les chairs roses et nacrées s'épanchaient en ruisseaux lumineux comme l'eau d'un vase qu'on renverse. — Une esquisse de Rubens, rien que cela! — L'an passé, j'en ai refusé six mille francs d'un Anglais; nous allons le décrocher, et tu t'en iras le proposer par la ville.

Babylas fit des façons pour accepter cette offre généreuse, il refusa de dépouiller la galerie de son ami de son diamant le plus précieux.

— Écoute, reprit le docteur, dont l'esprit ingénieux paraissait aussi fécond en ressources que celui de Quinola, voici un autre moyen de te tirer d'embarras : signe à mon ordre un billet de la somme que tu désires, je le ferai escompter, je t'en remettrai les fonds, et à l'échéance tu n'auras pas à te préoccuper du payement.

Babylas ne parut pas apprécier davantage cette façon de s'acquitter envers lui.

— Non, dit-il en entrant dans la voie dangereuse des concessions, non, pourvu que cette fois tu ne manques pas à ta promesse, et que je puisse être certain de toucher mes cinq cents francs la semaine prochaine...

— Eh ! tron de l'air, interrompit le docteur avec une certaine impatience, ce qui est convenu est convenu ; je sais ce que c'est que promettre, que diable ! — D'ailleurs, pour te rassurer, je vais t'initier à mon secret, mon bon. Tu pénétreras dans le sanctuaire où j'ai élaboré l'œuvre qui me rendra à jamais célèbre et qui nous donnera à tous les deux une immense fortune ; car si tu as partagé mon pain noir, tu dois bien croire que je ne mangerai pas sans toi mes brioches, ô Babylas ! — Tiens, continua le médecin en indiquant à son ami le couloir par lequel il était entré dans la salle à manger, — tu vois bien cette porte ? eh bien ! si j'étais un charlatan comme tel ou tel que je pourrais citer, j'eusse déjà écrit en lettres d'or sur ses panneaux : RÉSURRECTION ! — Suis-moi et tu vas voir si je me vante.

Et le docteur Cotton introduisit dans son cabinet son ami Babylas ébahi de ce qu'il venait d'entendre.

II

LE CABINET DE BARBE-BLEUE

—

Le cabinet du docteur Cotton était une pièce obscure, qui ne recevait d'air et de lumière que par la porte.

Dieu sait, cependant, si la vivifiante combinaison d'oxygène et d'azote, si les rayons réjouissants du soleil eussent été nécessaires pour diminuer quelque peu l'horreur de cet antre scientifique.

Lorsqu'on voulait y pénétrer, une odeur cadavéreuse, odeur âcre, nauséabonde, vous prenait à la gorge; la lueur rougeâtre d'un quinquet fumeux ajoutait ses reflets fantasques à l'ameublement, à la décoration vraiment trop dantesque du cabinet du docteur, et on reculait.

Les plus hardis sentaient leurs cheveux qui se dressaient sur leur tête, les plus sceptiques élevaient machinalement la main droite à la hauteur de leur front et retrouvaient le signe de la croix qu'ils étaient si fiers d'avoir oublié.

Au milieu de la pièce, le ventre tourné vers la porte, pour montrer coquettement son côté le plus avantageux, se présentait une commode du plus charmant style, du plus pur rococo, amenée là par les vicissitudes auxquelles les meubles échappent moins encore que les hommes; mais ce n'était vraiment ni sur l'abdomen en saillie de ce meuble, tout constellé qu'il était d'arabesques aux couleurs éclatantes, ni sur les cuivres finement niellés, fouillés, ciselés, qui le garnissaient, que le regard du visiteur s'arrêtait tout d'abord. Il ne voyait rien de tout cela. Son œil fixe, hagard, criant l'épouvante, ne pouvait se détacher d'un objet auquel la commode servait de socle : d'un corps humain, aux traits rigides, aux membres roidis, d'un cadavre étendu sur le marbre.

A droite de la commode se trouvait un billot de chêne, que rien ne distinguait de ceux sur lesquels les cuisinières découpent leurs côtelettes. A gauche, un seau de zinc à moitié rempli d'un liquide brunâtre, à l'odeur alliacée, dans lequel flottaient quelques morceaux de chair sanguinolente, au-dessus desquels un essaim de mouches bourdonnait son chœur gastronomique.

Si épouvantable que fût cet aspect, c'était cependant là ce qui épouvantait le moins lorsqu'on scrutait les profondeurs du cabinet du docteur Cotton.

De quelque côté que se réfugiât la vue, à droite, à gauche, sur le plancher, sur le plafond, on n'apercevait que des débris humains de toute taille, de toute forme, de tout échantillon, ayant appartenu à tous les âges, à tous les sexes, à toutes les conditions sociales.

Un bras d'enfant, encore troué de ses charmantes fossettes, était appendu sur la muraille à côté de la jambe musculeuse et charnue d'un ouvrier.

Des doigts calleux, encore noirs de la livrée du travail, semblaient s'étendre pour saisir un pied satiné aux formes, aux attaches aristocratiques.

Il y avait des mains qui réalisaient le rêve de tous les amours, des mains d'homme et de femme qui s'étreignaient par delà la mort.

Toutes ces pièces détachées de la machine humaine, paraissaient fraîches ; on s'étonnait de ne pas en voir le sang suinter goutte à goutte ; la peau qui les recouvrait avait conservé son éclat, le galbe sa rondeur ; elles gardaient dans l'attitude qu'on leur avait imposée un souvenir de l'existence ; on tremblait de leur voir achever le geste commencé.

Ce qui complétait cet abominable charnier, ce qui portait l'horrible à son comble, c'était un rang de têtes placées sur des tablettes qui tournaient autour du cabinet.

Ces têtes, dont un léger pli des muscles attestait à peine les dernières souffrances, elles etaient soigneusement lavées et peignées ; on avait carminé leurs lèvres et leurs joues, on avait glissé des yeux d'émail sous leurs paupières béantes.

L'illusion était si complète, que celui qui entrait croyait voir tous leurs regards se concentrer sur lui et demander avec leurs prunelles étincelantes qu'on les rendît au corps dont on les avait détachées; que ce n'était qu'après quelques instants que celui-là redevenait assez maître de ses sensations pour reconnaître qu'en voulant rendre à ces tristes restes un simulacre de vie, celui qui l'avait tenté n'avait fait que surenchérir sur la laideur de la mort.

La surprise de Babylas, lorsque son ami le docteur l'ayant précédé dans le cabinet, lui découvrit ce que nous venons de décrire, ressemblait beaucoup à de l'épouvante; il recula, et s'il n'eût rencontré pour s'appuyer le mur du corridor, il fût certainement tombé à la renverse.

Le docteur Cotton ne s'aperçut pas immédiatement de l'effet que le spectacle qu'il offrait à son ami Babylas produisait sur celui-ci.

Le disciple d'Esculape était en ce moment aux prises avec l'enthousiasme qui saisit le savant, le collectionneur ou l'amoureux, lorsque l'un ou l'autre de ceux-ci croit avoir mis la main sur un auditeur bénévole.

Il rassemblait les forces vives de son éloquence pour infliger à son prochain le martyre de sa propre monomanie; il considérait ses dégoûtants bibelots dans une extase qui ne différait pas essentiellement de celle qu'éprouve l'amateur de roses devant ses produits hybridés; sa physionomie épanouie, ses yeux humides, ses lèvres vibrantes commandaient l'admiration, et il entonnait l'*Hosannah* qui sert de livret à l'exhibition d'un dada quelconque, lorsqu'il entrevit Babylas, qui avait pris l'attitude défaillante du commissaire que Polichinelle a rossé.

Rien ne rend féroce comme une manie,

qu'elle soit scientifique ou simplement récréative.

Loin de songer à offrir à son hôte le verre d'eau, le flacon de sels, dont la pâleur, dont le regard éteint de ce dernier, attestaient le besoin, le docteur Cotton saisit Babylas par le bras, et, profitant lâchement de l'aplatissement moral et physique de celui-ci, il le poussa dans l'affreuse caverne.

Si le docteur eût été moins échauffé par l'enthousiasme, il eût entendu les dents du pauvre patient qui bruissaient en s'entre-choquant.

— Je comprends ton émotion, mon bon, s'écriait-il en pressant affectueusement la main de son camarade; qui ne serait puissamment remué en face de la seule découverte vraiment importante de notre siècle! Aussi l'humanité tout entière, lorsque je l'appellerai à juger du fruit de mes travaux et de mes veilles, comme toi fléchira le genou, et comme toi s'inclinera dans la poussière. — Le grand problème que les Égyptiens, les Juifs, les Assyriens, les Mèdes, les Chinois, ont vainement cherché pendant des siècles et dont ils ne nous ont laissé que d'imparfaites solutions, je l'ai trouvé! Dieu nous avait donné une vie éphémère, s'écrieront les âges futurs! au génie du grand Cotton nous devons l'éternité ! Oui, l'éternité ! — Le monde peut durer mille ans, il peut vivre pendant des cycles de siècles, ceci vivra autant que lui ! — Des révolutions nouvelles peuvent bouleverser notre globe, les écluses des pôles peuvent s'ouvrir et changer nos plaines en océans, le feu intérieur peut percer la croûte qui l'emprisonne et prendre la terre pour aliment, ni feu ni déluge ne prévaudront sur mon œuvre ! Ce n'est plus cette chair corrompue et corruptible, dont un insecte, dont un ver, dont l'humidité effaçaient jusqu'à la trace : cœur, viscères, cartilages et muscles, chez l'homme qui sort de mes mains, tout est devenu du marbre, tout est devenu de l'airain ; tiens ! tiens ! tiens !

Et pour appuyer sa démonstration, le docteur Cotton frappa de plusieurs coups vigoureux de la paume de sa main le cadavre étendu devant lui.

Babylas respira bruyamment, sa raison chancelait comme s'il eût été ivre, et cependant ses yeux s'habituaient peu à peu à l'étrangeté des objets qu'il voyait autour de lui.

— Quant au cœur, répondit-il en prenant du temps pour achever de se remettre, il y a nombre de gens que cette composition nouvelle ne gênera pas ; mais pour ce qui est des viscères, de ceux de l'estomac surtout, m'est avis que ce que le bon Dieu avait fait était bien fait, et je doute qu'il soit aussi agréable de les avoir en marbre ou même en bronze que lorsqu'ils étaient de simple chair, corruptible il est vrai, mais singulièrement accessible aux chatouillements de ses papilles.

— Ah çà! dors-tu? es-tu éveillé? demanda le docteur en fronçant le sourcil et en regardant son ami en face, comme pour s'assurer que celui-ci parlait sérieusement.

— A ta place, continua Babylas avec le calme imperturbable de la naïveté, j'eusse fait choix pour mon perfectionnement de la machine humaine, perfectionnement que je n'hésite pas cependant à qualifier d'admirable, d'un métal, d'un corps plus malléable que ceux dont tu m'as parlé; car, enfin, voici un pauvre diable qui va se trouver nécessairement embarrassé, lorsque, ayant donné le dernier coup d'ébauchoir à sa résurrection, tu diras à ce nouveau Lazare: « Lève-toi et rentre au logis. »

— Comment, à sa résurrection?

— Dame, ne m'as-tu pas assuré toi-même?...

Le docteur haussa les épaules.

— Je m'étonne, dit-il avec une certaine aigreur, qu'un homme de sens ait su si mal me comprendre et accepter une figure pour la réalité. Je n'ai point prétendu avoir retrouvé le secret de rétablir entre le cerveau et les filets nerveux cette harmonie que les métaphysiciens ont appelé l'âme.

— Eh! eh! c'était l'important.

— Bah! qui se soucie de vivre, lorsqu'il a vécu? dit le docteur avec une énergique expression de mépris. Les imbéciles! — Ce qui importait, c'était de soustraire à la destruction le roi de la création et je l'ai fait. — Si le hasard avait voulu que je naquisse au temps de Ptolémée, d'Alexandre ou de César, le XIXe siècle me devrait de pouvoir contempler ce qui aurait été César, Alexandre ou Ptolémée.

— Je conçois, ils vivraient empaillés, dit

Babylas avec un soupir; eh bien! c'est gentil, en vérité, c'est fort gentil.

Le mot empaillé et l'adjectif de condescendance qui l'avait accompagné, parurent produire sur l'impressionnable docteur l'effet d'une secousse galvanique.

— Tron de l'air! s'écria-t-il avec une exaspération qui se traduisait autant par la volubilité extra-méridionale de son débit que par la multiplicité de ses gestes, tron de l'air! mais, comme l'homme du psaume, tu as donc des yeux et tu n'y vois pas! empaillés!... mais regarde donc, continua-t-il en décrochant de la muraille une paire de membres inférieurs, regarde! cherche les incisions, les sutures, les bandelettes! et dis-moi s'il existe quelque différence entre ces jambes-là et les tiennes? Empaillés!.., — Mais c'est une révolution à l'horizon social, mon ami, une révolution dans les arts, dans l'économie. — Je supprime les cimetières. Il y aura désormais, dans chaque maison, la salle des ancêtres, où on les verra tous assis sur leurs chaises curules, attendant les hommages qu'à certains jours leurs descendants seront si heureux de pouvoir leur rendre ! — Je supprime la statuaire ; plus de vains simulacres de pierre ou de cuivre ; sur nos places publiques, nos héros, nos grands hommes en chair et en os, verront défiler à leurs pieds les populations de l'avenir. Je supprime les salaisons !...

— Les salaisons ! dit en l'interrompant Babylas, qui, dans l'espèce de vertige que lui faisaient éprouver les périodes orgiaques du docteur, était cependant frappé du prosaïsme de la transition ; les salaisons ! répéta-t-il en laissant échapper l'échantillon que, depuis le commencement de son discours, l'orateur maintenait de force entre les mains de son auditeur ; les salaisons !

— Certainement les salaisons, répondit le docteur en allant chercher dans un angle du cabinet un morceau de chair musculaire noirâtre, dont la fibre paraissait plus large et plus épaisse que celle des débris humains qui l'entouraient ; mon invention embrasse l'industrie, et la régénère. — Tiens, ajouta-t-il en lançant le morceau de viande sur le parquet, où il rebondit avec un bruit de bois sec, tiens, voici qui est accroché là depuis quatre mois ; eh bien ! tu vas en goûter.

— Jamais ! s'écria Babylas avec une horreur énergique.

— Tu vas en goûter, te dis-je ; je t'invite à déjeuner. Maria, arrivez à l'ordre, mon enfant. Et toi, sois bien convaincu, reprit-il en s'adressant de nouveau à Babylas, que dans quatre ans, que dans quatre lustres, que dans quatre siècles, cette chair serait aussi tendre, aussi délicate, aussi savoureuse que tu vas la trouver tout à l'heure.

— Je te crois, je te crois, Cotton, répondit Babylas éperdu ; je te donne ma parole d'honneur que je te crois... Nous déjeunerons un autre jour, mais aujourd'hui cela m'est impossible ; un rendez-vous, des affaires de la plus haute importance... Mais, là, puisque je reconnais que ton... que ta... que c'est enfin savoureux, tendre et délicat.

La figure fraîche et souriante de la servante se montra dans le corridor.

— Maria, dit le docteur à cette dernière sans paraître entendre les instances que Babylas continuait de lui adresser, Maria, taillez-moi là dedans une demi-douzaine de biftecks ; un feu vif et ardent, que la chair fume et petille lorsque le brasier la saisira ; dix minutes de cuisson, jusqu'à ce que le sang, se présentant à la surface en perles rosées, vous avertisse que votre besogne est à sa moitié ! — Du beurre bien frais, du persil haché, quatre anchois écrasés sous vos grillades ; Maria, songez que je place entre vos mains ma réputation et la vôtre !

— Sacrebleu ! s'écria Babylas tandis que la servante recevait des mains de son maître, avec un calme, avec une indifférence parfaits, les éléments du chef-d'œuvre gastronomique que celui-ci lui demandait ; sacrebleu ! tu ne feras pas, j'espère, de cette enfant, la complice de ton exécrable profanation ?

— Tu en mangeras, dit le docteur avec une solennité imposante.

— C'est dégoûtant, c'est révoltant, c'est insensé, c'est abject !

— Le soin de ma gloire l'exige ! tu ne sortiras pas d'ici que tu n'en aies mangé.

— Ah ! mon Dieu, pensa Babylas, qui, de pâle qu'il était, devint livide, m'aurait-il attiré dans un guet-apens pour se donner à lui-même quittance de ce qu'il me doit?

— Et, si tu refusais, je déclarerais à la face de l'univers que tu es le plus faux et le plus égoiste de tous les amis; je ne garderais envers toi aucun ménagement.

— Grâce, grâce; Cotton! Mademoiselle implorez-le pour moi.

— Mais, insensé, tu ignores ce que tu refuses. La tranche de bœuf que je veux t'offrir, ce n'est pas moins que l'ambroisie dont se nourrissaient les dieux.

Babylas ne paraissait plus entendre son ami, la terreur l'avait paralysé; il respirait avec peine, sa tête oscillait à droite et à gauche, ses genoux chancelaient, ses yeux effarés se contractaient sans parvenir à se fermer.

— Cotton, Cotton, disait-il d'une voix étranglée, tu m'as fait bien du mal; Cotton, pourquoi toutes ces têtes me regardent-elles ainsi?

— Et que t'importe si elles te regardent, puisque leurs yeux sont en verre? Allons, ne vas-tu pas t'évanouir comme une femmelette! Maria, de l'eau-de-vie.

— C'est de l'air qu'il lui faudrait, répondit la jeune fille; on étouffe ici.

— Cotton, murmurait Babylas, dont l'accent devenait de moins en moins perceptible, Cotton, tue-moi si tu veux... mais... si tu désires que mon âme... après ma mort... ne vienne pas... te tourmenter,... ne me mets pas... ici... avec les autres! Ne m'empaille pas, mon ami Cotton, je t'en conjure.

A ce malencontreux mot d'empailler, le docteur commença un geste de colère; mais il ne l'acheva pas, car, à ce moment-même, Babylas tombait sans connaissance sur le carreau.

—

III

APRÈS BOIRE!

—

Le docteur Cotton et son ami Babylas étaient séparés par une table chargée de tout ce qui est destiné à servir la seule des passions humaines qui n'ait point le remords pour revers, — si l'indigestion n'est pas le remords des gourmands.

Le déjeuner n'était ni somptueux ni délicat; la chère n'affectait pas ces finesses spiritualistes que dédaignent les estomacs solides et les appétits vigoureux.

Le menu ne contenait qu'un article : un pâté de respectable apparence figurait au milieu de la table ; mais ce plat unique avait été prisé à l'égal d'un poëme, si on en jugeait par l'énorme brèche pratiquée dans sa muraille éventrée, par les minces reliefs qui survivaient à ce qu'il avait contenu.

Cette pièce de résistance était de tous les côtés flanquée de hors-d'œuvre, troupes légères chargées d'entamer le combat par une escarmouche et d'empêcher l'action de s'alanguir.

Ils avaient été choisis avec une attention si scrupuleuse dans ce que l'espèce fournit de plus incendiaire, qu'ils figuraient évidemment sur le programme plutôt comme invitations à la bouteille que comme *menus suffraiges* gastronoiniques.

Ils n'avaient point été vainement prodigués.

Trois ou quatre flacons étaient vides. D'autres, avec leur coiffure en désordre, leur panse allégie, leurs chatoiements de rubis et de topaze, leur physionomie tapageuse et provoquante, semblaient impatients de voir se vider les verres des deux convives et prêts à s'épancher d'eux-mêmes dans ces verres, avec le laisser aller d'honnêtes bouteilles qui ont jeté leurs bouchons par-dessus les moulins.

Les yeux du docteur Cotton, singulièrement rapetissés, brillaient comme deux escarboucles à travers leurs enveloppes de cristal, et Babylas paraissait complétement remis de ses émotions et de la défaillance qui les avait suivies.

Sa figure, ordinairement haute en couleur, s'était imprégnée des tons violacés du jus de la treille; il respirait en homme dont le travail gastrique n'était point une mince opération, et cependant il lançait encore au pâté défunt des regards où se peignait le regret de se trouver un estomac dont la capacité n'avait point l'ampleur de ses désirs.

Le docteur Cotton suivait en souriant le jeu des muscles faciaux de son convive.

— Par sainte Canebière, mon bon, s'écria-t-il en faisant un mouvement pour quitter la table, je crois que tu regrettes d'avoir cédé à une répugnance intempestive, que ton imagination s'est raccommodée avec les biftecks qui t'ont si fort épouvanté tout d'abord; je vais dire à Maria de les mettre sur le gril, et tu pourras juger si j'ai trop vanté mes conserves.

Babylas voulut arrêter son hôte; il se pencha en avant avec tant de vivacité, qu'il renversa une bouteille dont le contenu macula la nappe de larges taches rougeâtres.

— Non, non, répondit-il avec un empressement qui indiquait que ses appréhensions n'étaient qu'endormies, non ; comme ces braves gens du jury, je me déclare suffisamment éclairé.

— Comment pourrais-tu l'être, puisque, malgré toutes mes prières, tu as refusé de te mettre à table si mes conserves devaient figurer dans le menu.

— C'est la foi qui sauve, mon ami ; je veux avoir la foi. Songe que cette foi honore bien plus ton chef-d'œuvre que mes appréciations ne pourraient le faire ; — je te sais une honorable fourchette et je crois aveuglément à ce que tu proclames. — Oui, jamais les fourneaux de Tortoni, jamais le monument de fonte de Greenwich, jamais la poêle à frire de la *Faille déchirée* de Bruxelles, n'ont produit grillades qui allassent à la botte des tiennes, je le soutiendrai contre tous ; mais souffre que je n'en tente pas l'expérience. — Tu m'as juré qu'elles avaient été bœuf et rien que bœuf; je suis d'après toi convaincu qu'elles ont appartenu à l'animal le plus cornu qui ait jamais ruminé l'herbe tendre; mais le voisinage dans lequel a trop longtemps vécu ton morceau de filet, lui enlève l'estime de mon estomac, et, à la seule pensée...

— Bagasse! ce sont des préjugés dont un homme d'intelligence doit s'affranchir; si tu m'avais vu lorsque j'étais interne à Montpellier...

— Assez, assez, Cotton! épargne-moi ces sortes de récits, je t'en conjure; mon cœur n'est pas de force à en soutenir le tableau. Puisque j'avoue que, si la *chambre aux ancêtres*, si ta *statuaire de la nature*, ont seulement le quart du succès que tes *conserves de la vallée de Josaphat* vont obtenir, j'en suis certain, tu auras le droit de t'y présenter millionnaire, dans cette vallée; ce qui doit être une bien grande consolation.

— Il me semblait, Babylas, repliqua le docteur avec un accent aigre-doux, vous avoir suffisamment communiqué mes intentions pour que vous appliquassiez au pluriel la qualification dont vous parlez. — Je vous répète encore que je n'ai point oublié avec quelle générosité vous m'avez obligé de cinq cents francs, non plus que la longanimité que vous avez mise à en attendre le remboursement, et j'avoue humblement que ces cinq cents francs m'ont si puissamment aidé dans ma tâche, qu'il me semble juste de vous associer à son succès.

Babylas, les yeux amoureusement entr'ouverts, le dos appuyé contre son fauteuil, la tête renversée en arrière, écoutait son ami Cotton avec une extase assez semblable à celle d'un chat qui lape du lait. Lorsque le docteur eut fini, il étendit le bras et serra avec expansion la main de son hôte.

— Réunissons donc nos efforts, continua le docteur, pour que cette invention merveilleuse ne demeure pas stérile.

— Je le veux bien, pourvu que je ne sois pas forcé de mettre la main à la pâte.

— Bien entendu; deux mille francs que tu apporteras dans la caisse de la société, c'est-à-dire dans la mienne, suffiront pour exploiter la découverte.

— Deux mille francs? répéta Babylas, sur la face rubiconde duquel se peignit une certaine inquiétude.

— Eh bien, quoi? reprit le docteur en versant à boire à son convive, une bagatelle, si on la compare au résultat qu'il s'agit d'obtenir. Songe donc que nous allons gagner des centaines de mille francs par année; qu'avant six mois, nous aurons chevaux, voitures, maîtresses élégantes, plaisirs de toute sorte, tout ce qui donne à la vie quelque attrait. Allons, vidons nos verres à la solidité de nos clients en l'autre monde et à la prospérité de la maison Cotton-Babylas en celui-ci.

Babylas fit un brusque mouvement sur son siége et remit son verre sur la table.

— Eh bien, non, s'écria-t-il, docteur, non, je n'accepte pas ton offre.

— Et pourquoi cela?

— Des préjugés, comme tu le disais tout à l'heure. — Depuis cinq minutes, j'essaye d'en triompher, c'est en vain. — Vois-tu, si j'étais de moitié dans les opérations que nécessite ton système, j'avoue ma faiblesse, je ne dormirais plus.

— Quelle plaisanterie!

— Je te donne ma parole d'honneur que je parle sérieusement.

— Ce que tu dis est assez ridicule pour être grave. — Mais non, avoue plutôt que ce sont les deux mille francs...

— Jamais ! repartit Babylas avec un élan trop spontané pour ne point être sincère ; j'en donnerais dix mille plutôt que de me savoir associé à ce que je regarde comme un... sacrilége... Tiens, je n'ai pas une goutte de sang dans les veines lorsque je songe aux tortures que tu infliges aux carcasses de ces pauvres morts.

— Les morts se soucient de ce que je fais d'eux comme de cela, dit le médecin en lançant au plafond une boulette de mie de pain.

— Qu'en sais-tu ?

Le docteur haussa dédaigneusement les épaules.

— Lequel des deux est venu te le dire ? continua Babylas en s'animant de plus en plus.

— Va donc, tu m'amuses.

— Tu condamnes leur corps à l'éternité ; es-tu bien sûr que cette éternité ne soit pas pour eux un supplice, qu'ils ne te maudissent pas lorsque tu rives à jamais à leur pied le boulet dont la mort vient de les débarrasser? Je ne suis pas un savant, mais, c'est égal, je me figure que, dans ce monde, où tout a sa raison d'être, cette décomposition lente et progressive qui ramène tout doucement notre être à la matière dont il est sorti, a son but; je me demande si cette matière n'a pas sa vie qui lui est propre; si quelques jouissances ne sont pas attachées aux transformations successives qu'elle subit, et je crois que, lorsque tu violentes ces lois, tu offenses ou le bon Dieu ou la Nature, comme il te plaira de les appeler.

— Ah! le bon Dieu! fit le docteur sans chercher à atténuer le sourire dont il accompagna cette exclamation, je m'étonnais déjà de n'avoir pas vu le bon Dieu apparaître dans son *speech!* — Tu crois à cela, toi? Au fait, oui; car, dans ta venette de tantôt, tu m'as menacé du courroux de ton âme! C'est trop drôle, en vérité.

— Mon cher, repartit Babylas gonflé de dépit et cédant à une certaine confusion, il ne faut pas me faire plus bête que je ne suis. Certes, il est bien permis d'être crédule avec Socrate, avec Platon, avec Bossuet, avec les plus grands philosophes.

— Oui; mais accorde-moi le droit d'être incrédule avec les plus illustres des physiologistes, qui ne se laissent point, eux, abuser par l'entraînement des théories. — Je vais te raconter une histoire. Un jour, c'était à l'Hôtel-Dieu, on apporta un homme auquel la chute d'un morceau de bois avait fracassé le crâne. Broussais arriva et s'approcha du brancard où le pauvre diable était étendu en parfaite connaissance, souriant, malgré ses douleurs, à l'homme de la science dont le génie pouvait l'arracher à la mort. — Après avoir examiné la blessure qui laissait le cerveau à découvert, Broussais posa le bout de son doigt sur la matière cérébrale. — A l'instant même, la vie s'arrêta chez le blessé, la paralysie contracta la face dans le mouvement commencé.... Broussais interrompit la pression, la flamme momentanément éteinte se ralluma, les lèvres achevèrent leur sourire. Plusieurs fois il renouvela l'expérience, et plusieurs fois l'homme rentra et sortit alternativement du néant. Alors, se tournant vers nous et avec un accent et un regard que je n'oublierai jamais : « Messieurs, nous dit l'illustre professeur, quelques-uns d'entre vous m'ont demandé, l'autre jour, mon opinion sur l'âme humaine ; ce qu'ils viennent de voir leur servira de réponse. »

— Ainsi tu crois avec Broussais... ?

— Que, lorsque nous sommes morts, tout est bien mort avec nous.

Babylas protesta par un hochement de tête contre la profession de foi matérialiste de son ami.

— Que, loin de pouvoir survivre au corps, ce que tu nommes l'âme n'a pas même la puissance de laisser sur celui-ci la trace de ce qu'elle a été. — Tiens, ajouta-t-il en se levant, attends-moi un instant, bois un bon verre de vin pour te donner du cœur et ne te cache pas sous la table lorsque je vais revenir.

Le docteur Cotton reparut presque immédiatement; il tenait à la main une des têtes que Babylas avait remarquées dans le cabinet.

C'était celle d'un homme de quarante ans environ, au front bas, oblique et couronné par une forêt de cheveux dont les mèches rousses paraissaient essentiellement rebelles aux soins que l'on avait pris de les lisser, de les séparer par une raie.

La mâchoire fortement développée de cette tête accusait des instincts féroces chez celui auquel elle avait appartenu; l'expression sinistre du sourire, qui découvrait des dents courtes, aiguës comme celles d'un tigre, achevait d'en faire un type repoussant; mais le regard (car le docteur Cottin dotait de regards les affreux spécimens de sa science), le regard démentait ces indications premières. Il était étonné, paterne, presque réjoui. Il est vrai qu'avec quelque attention on comprenait que les grosses boules d'émail que le docteur avait glissées dans les cavités frontales étaient quelque peu responsables de ce contre-sens, on devinait, à la coupe de l'arcade sourcilière, que les yeux avaient dû être, au contraire, profondément encaissés dans leurs orbites.

La tête adhérait à un morceau de bois peint qui lui servait de socle.

Une cravate de ruban noir, un col de papier blanc cachaient le cou et encadraient la face en se reliant à une paire d'énormes favoris de la même couleur que les cheveux.

Le docteur Cotton posa son épouvantable buste au milieu de la table.

— Eh bien, dit-il à Babylas, que te semble de cela?

Babylas, qui, aussitôt qu'il avait reconnu l'objet, s'était insensiblement rapproché de la fenêtre, vida d'un trait le verre qu'il avait emporté.

— C'est très-beau, c'est très-beau, dit-il en homme qui a hâte d'en finir par un acquiescement absolu; c'est, en vérité, aussi beau que nature.

— Ce n'est pas de cela qu'il s'agit; je t'ai entendu te vanter d'être physionomiste; pourrais-tu me dire ce que fut cet homme pendant sa vie?

— Ma foi, il a tout l'air d'avoir été un bon père de famille, un joyeux vivant tout au moins.

— Eh bien, voilà qui fait à la fois honneur

à ta perspicacité et aux indices qu'a laissées après elle une des âmes les plus scélérates qui aient jamais habité un corps humain.

— Hein! fit Babylas en étendant la main vers un nouveau flacon, dans lequel il prétendait renouveler sa provision de courage.

— Ce que tu vois là s'est appelé tout simplement Jean Hiroux! mon bonhomme.

— Jean Hiroux?

— Jean Hiroux lui-même; celui qui fit au président des assises ces réponses demeurées célèbres par leur effroyable cynisme, celui qui a fourni à M. Victor Hugo ces impressions si éloquentes dans leur laconisme qui nous ont valu *le Dernier Jour d'un Condamné.*

— Morbleu! qu'il est laid! dit Babylas, sur le visage duquel le rose se changeait en lis et dont le front s'imprégnait de gouttes de sueur.

— Pas plus laid que tu ne seras un jour. La

mort a un cachet uniforme qu'elle imprime sur toutes les faces. — Et c'est à ce morceau de charogne, que seul j'ai pu sauver de la destruction, que tu attribuerais quelque pouvoir? — Allons donc! Mais il me semble que tu trembles, que tu frissonnes, comme si l'horrible gredin était encore en vie?

— Moi? repartit Babylas, que ce reproche semblait blesser au vif; mais, mort ou vif, je me soucie de lui comme d'un zeste de citron.

— Eh bien, prouve-le donc, et souris à Jean Hiroux.

— Je me moque pas mal de Jean Hiroux, repartit Babylas à la fois enfiévré par le vin qu'il avait bu et par la peur d'avoir peur; je ne suis pas un invalide, moi; on ne me donnerait pas aisément dix-sept coups de couteau pour me voler mon nez d'argent.

— A la bonne heure! sois un homme, ou je te renie pour mon ami; mais ce n'est pas tout que de répudier d'absurdes terreurs, il faut encore rompre avec de dégradantes crédulités.

Le docteur, sous prétexte de dissiper les nuages superstitieux qui obscurcissaient la raison de son ami, passa en revue tous les lieux communs du matérialisme, et il stimula si habilement l'amour-propre de son auditeur, il renouvela si à propos les rasades qui servaient de pauses à son discours, que peu à peu Babylas se familiarisa avec le désagréable voisinage que son hôte lui avait donné.

— Je vais, dit en terminant le médecin, achever d'un seul coup de remédier aux sottes idées dont tu as hérité de quelque grand'-mère, et nous reviendrons ensuite à la proposition que je t'ai faite tout à l'heure. — Tu vois cette tête, c'est la perle de mon cabinet; j'ai eu des peines inouïes à me procurer ce morceau incomparable; eh bien! cette tête si précieuse, je te la donne!

— Hein! fit Babylas, qui tremblait d'avoir bien entendu.

— Je te la donne... Place-la dans ta chambre à coucher; regarde-la tous les jours, à tous les instants; elle t'habituera tout doucement à la vanité des illusions de cet orgueil qui voudrait qu'il y eût après nous autre chose que le néant! — Quoi! tu hésites?

— C'est que, dit Babylas en balbutiant, c'est que je craindrais... Il vient des dames chez moi; et puis je ne voudrais pas effrayer ma portière.

Le docteur Cotton partit d'un éclat de rire qui fit retentir les vitres de la salle à manger et trembler les tableaux dans leurs cadres.

— Oh! disait-il en se tenant les côtes, je veux ce soir t'accompagner aux Batignolles et faire partager ma gaieté à tes amis du café Verdure.

Babylas tenait beaucoup à l'opinion que

les habitués de cet établissement, où il passait toutes ses soirées, pouvaient avoir de sa valeur.

— Morbleu! s'écria-t-il, il n'y en a pas un au café Verdure dont je souffrirais ce que j'endure de toi, Cotton! Qu'ils s'y frottent!... La preuve que tu as tort de douter de mon courage, c'est que j'accepte ton cadeau.

— Bravo! et à la santé de Jean Hiroux!

— A la santé de Jean Hiroux!

— Et, s'il a quelques réclamations à faire sur la façon dont il a été traité, qu'il passe au bureau.

— Oui, qu'il passe au bureau, répondit Babylas, dont l'accent ne détonnait plus avec celui de son camarade, on lui rendra son argent.

Babylas était lancé, il ne devait plus s'arrêter; il tendit de nouveau son verre à l'amphitryon.

— Par le diable! dit-il, tu as raison, il est

clair que, s'il restait quelque chose de nous après la mort, ce quelque chose se résignerait difficilement à avoir dit un adieu définitif aux deux merveilles de la création, au bon vin et aux jolies femmes.

— On coudoierait les revenants à chaque pas.

— Avoue, continua Babylas d'un air fin, qu'il faudrait que M. Satan fût bien malin, et le couvercle de ton tombeau bien solide, pour t'empêcher de venir consoler la petite gouvernante qui embellit ta demeure, heureux coquin!

— Laisse donc, reprenait le docteur avec une passable dose de fatuité, j'aurais des cartes de visite à déposer à plus d'une porte.

— Bravo! docteur, en avant les confidences; c'est le bouquet de tous les tête-à-tête; voyons, raconte-moi les doux péchés de tes jolies malades qui sont toujours un peu les pénitentes des médecins.

— Du tout ; parlons plutôt de notre affaire.

— Ah bah ! au diable les affaires ; cause affaires avec Jean Hiroux, si bon te semble ; moi, je veux chanter.

— Nous chanterons après, mais convenons d'abord de nos petits arrangements sociaux.

— Sociaux ! fit Babylas, qui paraissait décidément ivre ; me crois-tu donc du bois dont on fait les gogos ?

— Sais-tu que je suis homme à t'abandonner moitié dans les bénéfices pour obtenir de toi la misérable somme qui m'est nécessaire.

— Ah ! dit Babylas en faisant un effort pour équilibrer, pendant un instant, sa raison vacillante.

— Oui, moitié ; allons, ne sois pas bête comme un banquier ; n'hésite pas à escompter les lettres de change que je vais tirer sur la sottise humaine. Rappelle-toi qu'elle paye toujours quand la signature de l'orgueil est à l'endos. — Sur mon honneur, c'est vingt-cinq mille livres de rente que je t'offre pour deux mille francs. — Il faut que nous vivions à notre époque pour que le génie ait besoin de cette aumône.

— Je ne dis pas non, mais je ne puis te donner une réponse aujourd'hui.

— Pourquoi cela?

— Parce qu'il n'est pas d'un bon mari de prendre une détermination aussi grave sans avoir consulté sa moitié.

— Un bon mari... sa moitié! — Que me chantes-tu là? as-tu donc pris femme depuis que je ne t'ai vu?

— Pas encore; mais bientôt, mon bon, je vais me ranger sous la bannière de l'hymen; j'ai l'honneur de t'en faire part.

— Te marier?

— Ah! mon Dieu, oui, comme tu le dis en prose, après l'avoir entendu en vers.

— Et tu épouses?

— C'est toute une histoire. — Figure-toi qu'il y a quelque temps j'ai rencontré une veuve.

— Une veuve! méfie-toi, Babylas; une veuve ne renonce à ce joli état que lorsqu'elle a quelque injure à venger sur notre sexe.

— Quand je dis veuve, docteur, je me sers d'une formule de politesse. — Entre gens qui s'appartiendront de si près un jour, on se doit ces sortes d'égards; d'ailleurs, ce n'est point elle que j'épouse, c'est sa fille.

— Tant mieux. Et la dot de la fille, a-t-elle de jolis yeux?

— Parbleu! fit Babylas, qui semblait trouver un certain charme à ces détails : quarante mille francs qui m'attendent le jour de la signature du contrat. Mais, reprit-il avec un gros soupir, un léger accident a retardé jusqu'ici la cérémonie. — Avant de conduire ma fiancée à l'autel, il faut la mériter, mon pauvre docteur.

— Que diable peut-on exiger de toi? dit en souriant le médecin; que tu joignes aux myrtes les lauriers de l'Académie? que tu attrapes un prix Montyon à la course?

— C'est plus difficile encore; et cependant c'est si naturel, que je ne saurais maudire la volonté maternelle qui retarde l'instant de mon bonheur. On exige que je la retrouve.

— Qui? ta fiancée? Elle est donc perdue?

— Hélas! oui.

— Et sa main est la récompense honnête!... Pauvre Babylas, murmura le docteur en regardant son ami avec une expression compatissante.

— Docteur, pas de fâcheuses suppositions sur celle qui doit être un jour l'épouse de ton camarade. Ma fiancée a été égarée à un âge où les femmes peuvent se perdre sans inconvénient pour leur réputation; — elle avait trois jours. — Sa mère, par des raisons de famille dont je t'épargne le détail, avait placé son enfant dans une maison d'éducation, dans un établissement que... qui...

— Aux enfants trouvés : va donc, je connais cela.

— Lorsque, plus tard, enrichie par la mort d'un parent éloigné, ma future belle-mère réclama sa fille, il lui fut répondu que, suivant l'usage de la maison, la jeune personne, qui avait alors vingt et un ans, avait été mise en condition chez des bourgeois honnêtes, en apparence; car, lorsque la pauvre dame y courut, elle apprit que l'objet de toutes ses espérances avait disparu depuis quelques jours de la maison dans laquelle on l'avait placée, et les renseignements qu'elle demanda dans le voisinage, lui firent connaître que cette malheureuse jeune fille, vertueuse comme...

— La fiancée du roi de Garbe !

— Ne s'était décidée à ce parti violent, continua Babylas, qui ne semblait pas avoir apprécié la portée de cette impertinente comparaison, que pour échapper aux criminelles obsessions de son maître. En vain ma future belle-mère appela à son aide le flair des plus habiles limiers de la police ; ils y perdirent leur temps, et elle son argent. — C'est alors que l'idée lui est venue de les remplacer par celui auquel la pauvre enfant doit un jour appartenir ; c'est ainsi que je me suis vu amené à aller demander le nom de Marianne Michel à toutes les loges de concierge de la capitale.

— Marianne Michel ! s'écria le docteur en quittant brusquement son siége, Marianne Michel, as-tu dit ?

— Sans doute ; n'est-ce pas un joli nom ? Mais qu'as-tu donc ? la connaîtrais-tu, par hasard ?

— Moi? quelle idée! répondit le docteur, calmé par une réflexion subite et cherchant à étouffer une émotion manifeste; d'où diable veux-tu que je la connaisse? Non, je ne peux que te souhaiter heureuse chance dans ta chasse à l'épousée, et je le fais de grand cœur, bien que les veneurs superstitieux prétendent qu'un souhait semblable porte malheur.

— Dieu t'entende! Ce sera un si beau jour que celui où, montant en fiacre avec la brebis égarée, je dirai au cocher : « Rue Plâtrière, 22, aux Batignolles. »

— Ah! c'est là que demeure la mère, dit le docteur, dont les yeux perçants ne quittaient plus Babylas.

— Oui, c'est là que, chaque soir, je vais rendre compte de l'inutilité de mes efforts.

A dater de ce moment, la conversation languit.

Le docteur fit comprendre à son ami que

l'heure habituelle de ses visites était venue, et Babylas, dont la tête alourdie, cédant à son propre poids, s'inclinait vers la table, ne demanda pas mieux que de prendre l'air et fit ses adieux à son amphitryon.

On emballa la tête de Jean Hiroux dans un vieux carton à chapeau, et le jeune homme, dont le vin et les discours paraissaient avoir complétement dissipé les répugnances, plaça ce carton sous son bras.

Il échangea force poignées de main avec son ami, force sourires avec la jolie Maria; il recommanda à son débiteur de ne point oublier ses promesses, et il descendit l'escalier.

Lorsqu'il eut fait dix pas dans la rue, il chancela.

Les équipages, les passants, les maisons, tourbillonnaient autour de lui, emportés dans une ronde fantasque; il ne les entrevoyait qu'à travers un brouillard.

En dépit de sa volonté, ses jambes décrivaient sur le pavé les arabesques les plus capricieuses; il était tenté de prendre un cabriolet, mais la conversation qu'il venait d'avoir avec le docteur ayant réchauffé ses aspirations matrimoniales, le désir de continuer les investigations dont Marianne Michel était l'objet, l'emporta sur toute autre considération, et il continua sa route à pied.

En traversant le Pont-Neuf, il crut s'apercevoir que le trottoir s'était singulièrement rétréci depuis le matin, et dans la crainte de tomber dans la rivière, il se lança sur la chaussée au milieu du tohu-bohu des voitures.

Un fiacre, qui venait au grand trot de ses chevaux, faillit renverser Babylas.

Du bras dont Jean Hiroux lui laissait la libre disposition, le jeune homme montra le poing au cocher; il ouvrait la bouche pour accentuer son geste d'une injure, lorsqu'il crut apercevoir dans l'intérieur de ce fiacre la silhouette railleuse de son ami le docteur, et à côté de celui-ci, la jolie Maria parée de ses plus beaux atours.

L'équipage numéroté passa avec tant de rapidité, que Babylas ne put s'assurer si ce n'était point là une erreur de ses yeux troublés, et il n'attacha qu'une médiocre importance à cette vision, tant il lui semblait improbable qu'un médecin se fît accompagner de sa gouvernante dans ses visites.

—

IV

OU LE DOCTEUR A TROUVÉ CE QUE CHERCHAIT BABYLAS

—

Il était près de quatre heures du soir, lorsque Babylas franchit la barrière qui, en cet heureux temps, séparait encore les Batignolles de Paris.

De fréquentes haltes avaient allongé son voyage; malgré ces haltes, il se sentait si fatigué, sa tête était si lourde, ses idées si baroques et si confuses en même temps, qu'il craignit de compromettre la confiance que la future belle-mère avait placée dans le paladin chargé de lui rendre sa fille : il renonça à se présenter chez elle.

Il se dirigea tout droit vers sa maison de la Grande-Rue ; il supprima même la petite station qu'il avait l'habitude de faire chez la concierge, qui cumulait ces honorables fonctions avec celles de femme de ménage de son locataire, et à laquelle il se plaisait à rendre en égards ce qu'il en obtenait en considération.

Il escalada péniblement ses quatre étages, ouvrit la porte de son appartement, posa sur son lit le carton à chapeau qui contenait la tête de Jean Hiroux et but coup sur coup trois ou quatre verres d'eau qui le rafraîchirent sans le désaltérer.

Nos lecteurs ont compris que les conséquences du déjeuner de Cotton avaient été pour Babylas une ivresse assez notable.

Le premier des symptômes de l'ivresse, petite ou grande, est la négation absolue d'elle-même.

Babylas se fût cru déshonoré s'il eût cédé au sommeil dont la nécessité se trahissait en dépit de tous ses efforts; il se considérait dans sa glace, écarquillant ses paupières pour donner de la sérénité et de la majesté à son regard, dirigeant l'extrémité de son index sur le reflet que le miroir lui présentait, afin de se fournir à lui même un témoignage du calme de ses nerfs.

Tout en allant et venant dans son appartement, Babylas arrêta ses regards sur le butin qu'il avait remporté de sa campagne du matin.

L'exaltation de la victoire que, stimulé par le vin et les sarcasmes de son ami, il avait remportée sur ses pieux préjugés et sur ses instincts timorés, durait encore.

Il méprisait d'autant plus l'objet de ses frayeurs premières, que ces frayeurs, ayant été plus vives, lui paraissaient plus humiliantes.

Comme tous les vainqueurs, il se croyait invincible et ne témoignait d'aucune modestie dans son triomphe.

Il sortit Jean Hiroux de son tabernacle, il le débarrassa des langes de papier de soie dont le docteur l'avait emmaillotté, et cela avec autant d'indifférence que si c'eût été une tête à perruque.

Il le plaça sur la tablette de velours de la cheminée et s'assit dans son fauteuil, pour juger de l'effet que produisait ce nouvel ornement entre les candélabres de bronze dit artistique, et les vases de fleurs artificielles qui avaient constitué jusqu'alors la partie décorative de l'appartement.

Sous l'influence de ses impressions récentes,

Babylas se montra fort satisfait de l'examen.

Son scepticisme d'emprunt lui semblait le *nec plus ultrà* de la force d'âme; cette fantaisie funèbre affectait des allures crânes, qu'il regardait comme héroïques et qui ne l'étonnaient pas médiocrement dans sa personne.

— Ma foi, disait-il, il faut avouer que Cotton avait bien le droit de se moquer de moi, et que le bon sens est une grande chose. — Il faut en avoir été bien pauvrement fourni pour se figurer que ce qui a cessé d'être puisse quelque chose, fût-ce le mal. — Et au fait, en y réfléchissant, je ne vois pas le grand dommage que l'on aura causé à Jean Hiroux, parce qu'au lieu de le laisser pourrir, on l'empaille, c'est-à-dire on le *cottonise,* car ce cher docteur m'a assuré que ce nouveau verbe remplaçait l'ancien. — Je trouve que Jean Hiroux figure aussi agréablement en pendule que ce nègre du boulevard qui a remplacé son pantalon par un cadran. — Il ne marque point les heures, cela est vrai ; mais il nous rappelle assez bien que la vie est courte, que le temps fuit. — Au printemps, je couronnerai de roses mon Jean Hiroux, et cela donnera à ma chambre une physionomie égyptienne qui ne sera point à dédaigner. — Décidément mon ami Cotton m'a fait là un charmant cadeau ; j'eusse préféré peut-être qu'il me rendît mes cinq cents francs ; mais j'ai sa parole et il est à présumer que cette fois il n'y manquera pas. — Je rentrerai dans mes fonds et je garderai Jean Hiroux. — Ah ! je vais bien m'amuser de la figure de ma portière, lorsque je l'engagerai, demain, à saluer sa vieille connaissance de la *Gazette des Tribunaux*. — Si Marianne Michel, retrouvée et devenue madame Babylas, exigeait le sacrifice de Jean Hiroux ? Bast ! il faut espérer que ses caravanes l'auront affranchie de préjugés dont il ne m'a fallu qu'une demi-heure pour me débarrasser.

Ce monologue, Babylas l'interrompit par de fréquents bâillements ; le sommeil domptait peu à peu sa volonté, il céda à sa toute-puissance, mais en se jurant bien à lui-même de se réveiller dans une demi-heure tout au plus.

Il ne se souciait nullement d'abandonner à la maîtresse de sa table d'hôte, un des trente diners auxquels il avait droit, et il ne renonçait pas à égayer sa soirée avec les joies vertigineuses du domino.

Mais le serment que faisait mentalement Babylas était un véritable serment d'ivrogne.

En dépit de l'attraction qu'exerçait sur lui le café Verdure, il dormait encore que la nuit était déjà à la moitié de son cours, que les lueurs rouges des réverbères commençaient à se colorer de jaune, que les tonnerres de la rue devenaient par degrés des murmures ; il dormait étendu dans son fauteuil, le torse ployé et renversé sur le bras de son siége, la tête ballante, les jambes roidies; il dormait de ce sommeil lourd et torpide, qui suit les débauches chez ceux surtout qui n'y sont pas habitués, et il eût dormi sans doute ainsi jusqu'au jour si un bruit violent qui se fit à sa porte, vers une heure du matin, ne fût venu l'arracher à une posture qui lui promettait une bonne courbature pour le lendemain.

Ce bruit se produisait dans un moment où Babylas savourait dans ses rêves un vin plus délicieux encore que celui que lui avait prodigué son ami le docteur. L'ouïe avait vaguement perçu cet abominable tintamarre; mais le cerveau du dormeur se trouvait si agréablement occupé, qu'il refusait de se prêter à une communication qui le troublait.

La discorde éclatait entre les organes et leur seigneur et maître; — ceux-là consentaient bien à se réveiller, mais celui-ci se gendarmait de ce qu'ils osaient se manifester avant qu'il eût exprimé sa volonté. — Enfin, de nouveaux coups qui ébranlèrent les ais de la porte, rétablirent l'harmonie dans le régime cérébral de Babylas. Les membres tiraillés par les cordons nerveux firent un mouvement.

Malheureusement, dans leur empressement à obéir, ils calculèrent mal la portée de ce mouvement; il fut si brusque, qu'il compromit l'équilibre que le corps avait jusqu'alors conservé par miracle.

Chassé en arrière, le fauteuil glissa sur ses roulettes, enleva à Babylas son point d'appui, et le déposa sur le parquet au moment où élevant son poing en l'air et poursuivant une idée fixe, il s'écriait :

— A la santé de Jean Hiroux!

Cette secousse, la fraîcheur de la couche qui se trouvait substituée au duvet moelleux du fauteuil, achevèrent de dissiper les vapeurs qui obscurcissaient l'intellect de Babylas.

Il ouvrit les yeux. Au même instant le bruit de l'extérieur prenait le caractère d'un festival; on frappait à la fois à la porte avec le poing, avec le pied; on mesurait les coups suivant le rhythme qui devait plus tard devenir célèbre en s'appropriant aux passions politiques du peuple de Paris pour le lampion.

Le timbre argentin de la sonnette, mise en branle, faisait la haute-contre dans ce charivari.

Notre héros se crut à la fin du monde; il courut à son fourniment de garde national, et saisit son sabre.

Mais, en général prudent, il ne voulut pas entamer l'action avant de s'être assuré de ses réserves.

Au lieu de la porte, ce fut la fenêtre qu'il ouvrit et il allait prosaïquement crier à la garde ! lorsqu'au discordant concert qui venait du carré, se mêla une voix bien connue.

Cette voix était celle du docteur Cotton ; elle appelait Babylas en se modulant sur l'air : *Au clair de la lune.*

Dans son étonnement, celui-ci faillit laisser tomber son sabre dans la rue.

Le docteur mettait tant d'acharnement dans ses appels, que Babylas, redoutant d'assumer la responsabilité de ce scandale, se hâta d'allumer une bougie et de tirer pêne et verroux.

La porte ne fut pas plus tôt entre-bâillée, qu'une avalanche, qu'une trombe se rua dans l'appartement sous les traits du disciple d'Esculape, qui, se précipitant sur Babylas ébahi, le serra contre sa poitrine de façon à lui faire perdre la respiration et frotta à plusieurs reprises sa face barbue contre le visage de son camarade.

— Excellent ami, lui disait-il sans interrompre ses démonstrations échevelées, es-tu seul ? Veux-tu me donner asile pour cette nuit ?

Avant que Babylas eût trouvé une réponse, le docteur avait plongé ses deux mains dans les poches de son pantalon, et, prenant pour objectif la table de la salle à manger dans laquelle ils se trouvaient, il fit tomber sur cette table une pluie semblable à celle dont Danaé ne songea pas à s'abriter.

Les poches du docteur étaient devenues des succursales de la Banque de France ; il en tirait de la monnaie d'argent, des écus, de l'or et jusqu'à du vrai papier Joseph par poignées.

Babylas ouvrait des yeux grands comme la porte cochère de sa maison ; il se pinçait l'oreille pour se convaincre qu'il n'était pas le jouet d'un songe.

Il paraissait décidé à se servir, comme saint Thomas, de ses mains pour se persuader de la réalité de ces apparences, lorsque le docteur qui avait fini de vider ses sacoches, rapprocha prestement billets et espèces monnayées en un monceau étincelant, fit quatre pas en arrière, cambra son torse avec une agaçante ondulation de reins, frappa ses mains l'une contre l'autre, et, se lançant en avant, commença le pas du cavalier seul.

Le tas d'or représentait la danseuse.

Et vraiment cette danseuse inspirait singulièrement le docteur : ses bras télégraphiaient des signaux hyperboliques, ses jambes tricotaient des flic-flac impossibles ; en bondissant, ses pieds frappaient des appels capables de compromettre la solidité de la maison ; il jetait sa tête en avant à la façon d'un bélier, et l'instant d'après, il abordait un grand écart d'un mérite transcendant ; il n'était pas jusqu'a son volumineux abdomen qui ne parût participer à la fièvre de corybante qui possédait son propriétaire.

Lorsqu'il balançait à sa dame, ses mains, étendues au-dessus du trésor, envoyaient à celui-ci ce qui pouvait passer pour des bénédictions ou pour des baisers, tandis que son visage grimaçait toute la mimique de la tendresse passionnée, depuis l'extase jusqu'à la rage.

Certes, si le docteur Cotton n'avait point oublié les leçons de Broussais sur l'immortalité de l'âme, il avait également retenu les traditions chorégraphiques qu'il avait pu recevoir chez le père Lahire de son époque.

Enfin, épuisé, haletant, il se laissa tomber sur une chaise, et, s'éventant avec son chapeau :

— Ah! Babylas! Babylas! s'écria-t-il, si la postérité me voyait! quelle honte! — Mais enfin nous sommes seuls, et, tout grand homme que je serai un jour, je ne me crois pas forcé de te cacher, à toi, mon émotion, mon délire, en retrouvant des amis, de vieux amis, de vrais amis, qui se montraient si ingrats envers moi, depuis quelque temps, que je craignais que notre brouille fût éternelle !

En parlant ainsi, le docteur faisait glisser son or entre ses doigts et savourait amoureusement le doux bruissement de ces pièces retombant en cascades aux fauves reflets.

— Morbleu ! dit Babylas, mais c'est une charade que tu me joues là.

— Ma joie te paraît insensée, répondit le docteur, parce que tu ignores le prix que ce trésor doit avoir pour moi ; heureux mortel qui, n'ayant jamais trimé de l'aviron sur la galère où nous enchaîne le génie, ne vois là que la source de quelques plaisirs grossiers, de quelques satisfactions vaniteuses ! Tu nc comprends pas qu'on se prosterne devant quelques morceaux de vil métal, toi qui, n'ayant jamais résumé le monde dans l'équation de deux *x*, ne soupçonne pas que la véritable passion est celle de l'homme pour un problème. Ce problème il était résolu, et faute de quelques écus, ma découverte ne pouvait sortir des limbes des sociétés savantes; l'humanité et moi, nous nous trouvions du même coup déshérités de la *cottonisation!* — Je peux te l'avouer maintenant, je séchais de désespoir, je voyais mes cheveux blanchir d'impatience; — un miraculeux hasard m'envoie ce qui débarrassera le grand œuvre des langes dont une législation tracassière l'emmaillotte, ce qui prêtera une voix à la réclame affirmative, et mon ivresse te surprend! Ah! Babylas, je ne m'étonne que d'une chose, moi, c'est que les étoiles ne soient pas tout à l'heure descendues du ciel pour me faire vis-à-vis. — Dans six mois, mon nom sera célèbre; on dira le grand Cotton, comme on dit le grand Broussais; les morts de Paris et des départements se battront à ma porte pour avoir leur tour. Ah! vois-tu, ce résultat, mon ami, je l'eusse payé d'un crime.

— Cotton, Cotton! s'écria Babylas fortement ému, j'espère que je puis encore serrer ta main sans rougir?

— Les deux, mon ami, les deux; mais ne t'étonne plus si ma joie ressemble si fort à du délire, lorsque le hasard en goguette m'envoie ce que jamais je n'eusse osé réclamer de lui.

— Enfin, tout cela ne m'explique pas d'où te vient cet argent?

— C'est toi, excellent ami, répondit le docteur en regardant fixement Babylas, c'est toi qui m'as fourni la recette à laquelle je le dois.

— Tu es fou; je l'eusse d'abord conservée pour moi, cette recette?

Le docteur ne put retenir un sourire qui glissa sur ses lèvres fines et railleuses.

— Enfin, continua Babylas, maintenant que tu t'en es servi, il me semble que tu pourrais bien me la restituer.

— Fixe donc mes souvenirs, et dis-moi que je me marie, mon très-bon.

— Tu te maries! s'écria Babylas, qui, mordu au cœur par un pressentiment subit, devint très-pâle ; tu te maries, et avec qui ?

— Avec ma servante.

— Ta servante ? — Maria ?

— Oui, ma servante Maria. La servante est la femme, selon les Ecritures. — La domesticité est la pierre de touche à laquelle on reconnaît les qualités solides qu'un homme doit rechercher dans sa compagne. — Mon idée fixe a toujours été d'épouser ma gouvernante, à l'instar des rois pasteurs ; et puis, tu es mon ami, et je ne dois pas te cacher qu'en faisant, de Maria, madame Cotton, c'est une petite réparation à laquelle je me condamne.

— Mais, reprit Babylas, qui paraissait poursuivi par une pensée importune, il est assez singulier qu'une domestique se trouve ainsi changée tout à coup en un puits d'or!

— L'or et la femme ont des affinités singulières, mon ami, continua le docteur en prenant un air modeste ; de nos jours, ces sortes de métamorphoses sont fréquentes : regarde autour de toi et...

— Cotton, s'écria vivement Babylas, tu me trompes; Cotton, c'est toi que j'ai rencontré ce matin sur le Pont-Neuf.

— C'est bien possible; sais-tu ce que la statistique du siècle dernier a constaté qu'il passait de gens en une minute en cet endroit?

— Il ne s'agit pas de statistique; où allais-tu?

— Parbleu! signer mon contrat de mariage... à la Villette.

— Du tout; tu allais aux Batignolles. Cotton, tu as indignement abusé de mes confidences ; c'est chez toi que s'était réfugiée la jeune fille que je cherchais ; ta servante Maria est Marianne Michel !

— Et si cela était ? dit le docteur, qui semblait décidé à brûler ses vaisseaux.

— Ne parle pas ainsi, Cotton, ne me fais pas regretter de ne pas être né sanguinaire.

— Babylas, repartit le docteur avec un accent digne et pénétré, j'ai une trop haute opinion de la noblesse de votre caractère pour admettre la sincérité des sentiments que vous manifestez... Quoi ! si ce qui n'est qu'une supposition se trouvait exact, s'il était vrai que cette jeune fille, la seule consolation qui adoucît les tristesses de mon existence, fût la riche héritière dont vous m'avez parlé, vous regretteriez de ne pas me l'avoir enlevée, vous vous désoleriez de n'avoir pas ravi le chien de l'aveugle, vous deviendriez envieux de l'aumône que le hasard a fait tomber dans ma sébile!

— Je ne te dis pas; mais Marianne Michel, vois-tu!...

— Vous condamneriez la *cottonisation* à mourir inédite!

— Je me moque pas mal de la *cottonisation;* il y a deux mois que je cours après Marianne Michel, et je ne veux pas qu'un autre m'enlève le prix de mes peines; d'ailleurs, je l'aime.

— Tu l'aimes! une femme qu'avant ce matin... que tu n'as jamais vue.

— Raison de plus, et ce sera mon plus grand mérite auprès d'elle; tiens, ne me parle pas de cela, vois-tu, car je deviens enragé. Dis-moi que ce n'est point Marianne Michel que tu épouses.

L'énergie avec laquelle s'exprimait Babylas produisit visiblement quelque impression sur le docteur : il parut réfléchir.

— Ingrat! mauvais ami! s'écria-t-il, j'ai voulu t'éprouver et je reconnais avec douleur que tu es indigne de ce que j'ai fait pour toi. Il y a quelques heures, en recevant cette fortune des mains des parents de ma fiancée, dans mon bonheur je ne cessais pas, moi, de me préoccuper du tien.

— Que veux-tu dire?

— J'arrangeais pour toi une union bien autrement avantageuse que celle qui devait unir ta destinée à celle d'une Marianne Michel, que sans doute tu ne retrouveras que lorsque vous serez prodigieusement avariés tous les deux. Je convenais, avec le notaire de la famille de Maria, de te ménager une entrevue avec une jeune personne qui n'aura point, elle, été exposée aux dangereux hasards d'une vie vagabonde, et qui, en outre de ce qui peut manquer à Marianne Michel, t'offrira une fortune double de celle que la soi-disant veuve, te faisait si chèrement acheter... Et voilà ma récompense ! ajouta le docteur avec le geste et l'accent d'un martyr.

Il n'en fallait pas moins pour calmer Babylas, dont l'exaspération avait toujours été croissant, au grand étonnement du docteur, qui n'avait pas jusqu'alors supposé que la passion de son ami pour une fiancée aussi problématique pût arriver à ce diapason.

Cette passion, le docteur continua de la battre en brèche, en énumérant complaisamment les supériorités que la rivale qu'il opposait à Marianne Michel avait sur celle-ci.

Peu à peu, Babylas se laissa séduire par des attraits financiers qui primaient si terriblement ceux qui lui avaient suffi jusqu'alors; il devint moins absolu dans son attachement à sa nymphe fugitive.

Les charmes de l'inconnu, qui l'avaient captivé jusqu'alors, pâlirent devant les mérites du chiffre que le médecin faisait retentir avec tant d'emphase; il se laissa aller à adresser à ce dernier quelques questions un peu indiscrètes sur la propriétaire de la superbe dot.

Le docteur y répondit avec une bonhomie et une apparence de sincérité qui doivent peut-être nous indiquer qu'il n'inventait rien et qu'ayant, involontairement sans doute, causé quelque préjudice à son camarade, il s'était réellement mis en mesure de le réparer.

Cependant, les soupçons que Babylas avait conçus, touchant l'identité de Marianne Michel avec la jolie servante, se réveillaient de loin en loin.

Tout en provoquant son ami à s'étendre sur les charmes de la nouvelle union que celui-ci voulait substituer à la première, il revenait par quelque interjection insidieuse à ses suppositions antérieures.

Mais plus il laissait apercevoir le trouble

que ces suppositions portaient dans son âme, plus le médecin paraissait décidé à les dérouter, et, quoi que fît Babylas, il ne parvint pas à pénétrer le secret du docteur, ni même à apprendre si le docteur avait un secret.

Du reste, ce dernier trouva un moyen très-simple de mettre un terme à ce fatigant interrogatoire.

Il prétexta sa lassitude et il demanda son lit avec tant d'instance, que Babylas ne put se refuser de conduire son hôte dans le salon où celui-ci devait passer la nuit sur un divan.

En traversant la chambre à coucher, le docteur, s'approchant de la cheminée pour allumer son cigare, reconnut Jean Hiroux.

— Peste ! dit-il en faisant une allumette d'un morceau de papier qu'il prit dans sa poche, on t'a fait les honneur du velours, vaurien !

Et il envoya une chiquenaude au nez de Jean Hiroux.

Une demi-heure après, les ronflements sonores du docteur Cotton retentissaient dans le petit appartement.

Babylas ne trouva pas aussi aisément le sommeil; il restait inquiet, agité.

Le docteur avait appuyé ses dires de tant de serments, qu'il était parfaitement convaincu de l'existence de la seconde de ses fiancées, mais néanmoins il regrettait la première. — Les quatre-vingt mille francs l'affriandaient, mais il y avait si longtemps que ses pensées gravitaient vers Marianne Michel l'introuvable, que celle-ci régnant sur son cœur par la toute puissance de l'habitude, il ne se résignait pas à renoncer à tout ce que son imagination lui avait prêté de charmes et d'attraits.

Il se promit de consacrer sa nuit à rêver qu'il était turc.

Une autre préoccupation se joignait à celle-là.

— Pourquoi le docteur Cotton, jadis si prodigue de promesses, ne lui avait-il pas une seule fois parlé des fameux cinq cents francs depuis qu'il était devenu un Crésus?

Babylas ne parvint pas à trouver une solution raisonnable à ce problème; fatigué de la chercher, il souffla sa bougie, enfonça son bonnet de coton sur ses yeux, fit un trou dans son oreiller et ne tarda pas à entamer sa partie dans le solo qu'exécutait son ami le médecin.

—

V

OU JEAN HIROUX DEVIENT BAVARD, INDISCRET ET PIS ENCORE

—

Il y avait une demi-heure que les deux amis reposaient.

La nuit était arrivée à cette période de transition qui sépare les bruits du soir des bruits du matin; tout avait fait silence dans la grande ville.

Le docteur Cotton continuait de fournir à

intervalles réguliers des témoignages de plus en plus éclatants de la vigueur de ses poumons; ses ronflements avaient pris l'ampleur des mugissements de la contre-basse.

Le sommeil de Babylas n'affectait pas ces allures orageuses, il était modeste, insidieux et bienséant comme doit l'être celui d'un aspirant aux fonctions matrimoniales.

Etendu sur le dos, il se contentait d'exhaler des soupirs qu'une femme eût pu accepter pour les murmures d'un cœur bien épris.

Il rêvait, selon le programme que lui-même s'était imposé. Comme tous les programmes de la terre, celui-là s'était modifié en s'exécutant.

Les rêves de Babylas s'étaient refusés à initier notre héros aux mystères charmants des harems; ils l'avaient transporté dans les salons du père Lathuille, son voisin, où l'odeur âcre et nauséabonde de la friture remplaçait imparfaitement les vapeurs odorifé rantes des parfums de l'Arabie.

Deux mariages recevaient dans cet établissement leur troisième et leur plus solennelle consécration, celle de la *nopce*, non moins essentielle aux yeux d'un parisien de pur sang que le *satisfecit* de la société, que les bénédictions de l'Eglise.

Le docteur Cotton épousait sa servante.

Babylas et ses deux fiancées, Marianne Michel et le numéro deux dont le docteur avait tenté le placement, formaient l'autre couple, qui n'est plus un couple, et que l'Académie seule pourrait désigner comme il convient.

Comment les fonctionnaires civils et religieux s'étaient-ils prêtés à la singulière fantaisie du jeune époux ? C'est ce dont l'imagination déréglée de celui-ci a conservé le secret.

Toujours est-il que, ne les connaissant pas plus l'une que l'autre, et en homme qui apprécie le charme des contrastes, il avait diversement doté ses deux créations.

L'une des épousées de Babylas était une brune piquante, l'autre, une blonde sentimentale.

Elles ne se ressemblaient que par un point ; chacune d'elles portait sous son bras sa dot enfermée dans une volumineuse sacoche, ce qui pouvait être un peu gênant pour ces dames, mais, en revanche, ce qui paraissait bien agréable à Babylas, car sa figure rayonnait de joie.

Et cependant, ce mortel ambitieux n'avait pas été encore satisfait après le miracle que réalisait cette vision.

Un troisième rôle l'avait tenté, celui de garçon d'honneur de son ami le docteur.

Séduit par quelques attrayants priviléges, il renonçait à cesser pour un instant d'être le centre vers lequel convergaient les regards embrasés et les sourires pudibonds de ses deux conjointes, et il venait de se glisser sournoisement sous la table.

Il avait, sans encombre, parcouru un certain espace, tout hérissé qu'était cet espace, de pieds et de jambes faisant chevaux de frise; il touchait au but de sa promenade, lorsqu'un effroyable ricanement l'arrêta net dans l'opération qu'il se préparait à exécuter.

Babylas fit un bond de deux pieds au-dessus de son matelas.

La commotion que ce bruit extraordinaire avait produite sur son système nerveux avait été si profonde, que, bien que son réveil eût été immédiat, il se trouva baigné de sueur, oppressé, et tellement épouvanté, qu'il n'osait ouvrir les yeux.

Les ronflements du docteur le rassurèrent un peu.

Il se décida à soulever une de ses paupières, et l'épreuve lui ayant réussi, il se redressa sur son coude et regarda autour de lui.

L'obscurité était grande ; cependant Babylas eut bien vite reconnu que rien n'était changé dans l'aspect de sa chambre, que nul fantôme n'agitait les rideaux de son lit.

Il soupira, car il regrettait d'avoir été arraché à un sommeil qu'émaillaient de si douces images, et, ramenant son drap sur son nez :

— Suis-je bête ! murmura-t-il.

Babylas n'avait point achevé, qu'un second éclat de rire tout à fait semblable à celui qu'il avait supposé avoir été l'effet d'une illusion, faisait vibrer les carreaux de l'appartement.

Cet éclat de rire n'avait rien d'humain.

C'était un glapissement sinistre comme le cri de l'orfraie, un sifflement rauque comme celui du vent qui souffle dans des ruines.

La respiration manqua complétement à Babylas; son sang se mit à circuler avec une telle rapidité, qu'il lui semblait que le bruit des palpitations de son cœur dominait les formidables grognements du docteur.

Il voulut crier, sa langue frappait en vain la voûte de son palais, la voix s'arrêtait dans sa gorge.

Ses regards se tournèrent du côté de la cheminée d'où l'éclat de rire était venu, mais un voile paraissait être descendu sur ses yeux; il ne distinguait rien sur cette surface noire; il restait haletant, écrasé par la terreur, éperdu, tremblant comme la feuille du bouleau agité par la tempête.

Cependant, sur le rideau sombre, se détachèrent bientôt deux étincelles lumineuses; elles approchèrent, grandirent, elles devinrent deux prunelles phosphorescentes projetant des feux verdâtres.

Par degrés, l'obscurité s'effaçait autour de

ces prunelles; des formes se dessinaient, des contours s'accusaient; d'épais sourcils les couronnèrent les premiers, puis un nez, un front, une bouche apparurent tour à tour et complétèrent une figure humaine dans laquelle ces deux yeux, flamboyants comme deux charbons de forge, demeuraient encadrés.

Babylas avait reconnu la tête de Jean Hiroux.

Le cadeau du docteur Cotton était toujours où l'avait placé son nouveau propriétaire, entre les deux candélabres de zinc éraillé et les majestueux bouquets sous leurs globes de verre; il n'avait pas quitté le socle de bois noir qui lui servait de support, et cependant la vie semblait avoir repris possession de cette tête mutilée; les muscles avaient recouvré leur mobilité, la peau sa souplesse; les rides, que les passions avaient creusées sur cette face et qui avaient semblé stéréotypées à jamais dans leur rigidité cadavérique, retrouvaient leur mobilité, et les lèvres, si longtemps muettes, se tordaient dans un affreux sourire, expression affaiblie de la gaieté dont les éclats avaient réveillé Babylas.

Le bouleversement bien naturel de la physionomie de celui-ci avait sans doute un côté plaisant, dont une nature aussi grossière que l'avait été celle de Jean Hiroux ne pouvait manquer de se réjouir; la tête du guillotiné se montrait en proie à un accès d'hilarité plus violent encore que le premier; tout en riant, elle s'agitait sur son socle, comme si elle eût cherché à imiter les oscillations que l'épouvante imprimait au chef de Babylas.

— Oh! *c' portrait* (1)! s'écria-t-elle lorsque son spasme fut un peu calmé; arrime *ta sorbonne* (2), vieux; sans cela, elle va

(1) Figure.

(2) La tête avant qu'on la coupe.

venir jouer aux boules avec *ma tronche* (1).

Babylas, plus pâle que le casque à mèche qui lui servait de coiffure, remua les lèvres sans articuler aucun son.

Chacune des paroles de Jean Hiroux, dont l'accent avait conservé l'enrouement traditionnel, semblait à son auditeur être une pointe aiguë qui fouettait l'air et pénétrait dans la chair en continuant de vibrer.

Le malheur rend, — dit-on, — l'homme humain ; peut-être la mort l'initie-t-elle aux sentiments auxquels il est constamment resté réfractaire ; une nuance de commisération se peignit sur le visage féroce de Jean Hiroux.

— Eh bien, non, reprit-il, faut pas décourager l'innocence ; moi aussi, j'ai été timide, quoiqu'en aient dit les envieux. — Allons, ma vieille, *la bouclante* (2) est close, *les van-*

(1) Tête de guillotiné.

(2) La porte.

ternes (1) verrouillés, le gros *pante pionce* (2) à faire concurrence au tonnerre du *meg* des *megs* (3); c'est le vrai moment, vas-y *d'autor* (4).

Babylas regarda la tête d'un air hébété.

— Je sais ce que c'est que *l'émoss* (5) quand on débute, mais réchauffe *ton raisiné* (6), et songe que, pour *planquer de la vaisselle à la carre* (7), faut pas laisser *se cavaler l'occass de turbiner* (8).

Jean Hiroux accompagna ces mots de clignements des paupières, de grimaces, qui avaient évidemment mission de traduire la bienveillance encourageante qu'exprimaient ses paroles, mais il y parvenait bien difficilement.

(1) Les fenêtres.
(2) Le gros bourgeois dort.
(3) Le bon Dieu.
(4) Hardiment.
(5) L'émotion.
(6) Ton sang.
(7) Mettre de l'argent de côté.
(8) Laisser échapper l'occasion de travailler.

Babylas continuant de rester muet, la tête fronça ses épais sourcils avec une expression de menace.

Un surcroît de terreur rendit un semblant d'organe au jeune homme.

— Monsieur, fit-il d'une voix chevrotante et si peu perceptible qu'il fallait appartenir au monde des esprits pour saisir le sens de sa phrase, monsieur,... je ne vous comprends pas.

— As-tu fini! — Est-ce que l'on fait *sa Sophie* dans la *pègre* (1)? Jean Hiroux n'est pas homme à *manger* (2) sur un confrère; d'ailleurs, on lui a coupé le filet de si près, que, quand bien même il le voudrait, il ne le pourrait pas. — Allons! chaud! *bute le rifflard,* à toi *la gonzesse et le poussier* (3).

(1) Est-ce qu'on est timide chez les voleurs.

(2) Vendre, dénoncer.

(5) Assassine l'homme, à toi la jeune fille et l'argent.

— Monsieur, murmura Babylas en faisant de violents efforts pour respirer, monsieur, je dois vous avouer... que mon application... n'a pas... jadis, répondu... aux soins de mes excellents maîtres... Je n'ai jamais voulu mordre... aux langues étrangères, en sorte que je ne saisis absolument rien de celle que vous me faites l'honneur de me parler.

— Chut! — tais-toi, — c'est saisi! — Tu ne *jaspines* (1) pas, c'est entendu. Je suis incapable d'abuser des avantages que me donne mon aptitude aux belles-lettres!— Je vais donc te parler *notaire*, genre épicier, et tu seras *épaté* (2) quand tu verras comment j'en tricote... Nous disons donc, continua Jean Hiroux en faisant une moue agréable, que nous voilà devenus une paire d'amis, jeune homme.

— Moi, votre ami, s'écria Babylas sans par-

(1) Parles pas l'argot.

(2) Etonné.

venir à déguiser l'horreur que lui inspirait cette prétention.

— Sans doute, on a *évu* des malheurs; mais on possède des sentiments, et l'on sait que la reconnaissance est la vertu des grandes âmes. C'était assez bien touché, ce que tu as répondu au méchant charcutier en chair humaine qui fait joujou de nos pauvres *tronches* et les range sur ses tablettes comme des pots de confiture.

— Vous avez entendu? dit Babylas, flatté de l'éloge qu'il venait de recevoir.

— Je suis naturellement assez indiscret, mon âme flânait autour des bouteilles... J'ai une coquine de soif qui ne se décide pas à me laisser tranquille. Ça se comprend, le rhume creuse presque autant que l'absinthe, c'est connu.

— Votre âme, avez-vous dit, monsieur Jean Hiroux? L'âme existe donc et vous ne croyez pas avec Broussais...?

— Broussais est un cornichon, répliqua Jean Hiroux d'un ton péremptoire; les médecins, vois-tu, c'est comme les teinturiers : la matière qu'ils brassent pénètre et colore jusqu'aux verres de leurs lanternes, ils voient tout en jaune... L'âme... Mais non, je ne veux pas t'enlever le charme de la surprise que le bon Dieu te réserve lorsque tu auras éternué dans le sac au son. Je clos mon bec, et je t'engage seulement à répéter avec saint Augustin : *Modus quo corporibus adhœret spiritus comprehendi ab hominibus non potest, et hoc tamen homo est.*

— Quoi ! s'écria Babylas au comble de la surprise, vous savez le latin, monsieur Jean Hiroux et vous avez lu les Pères de l'Église !

— Un peu, reprenait le guillotiné en se rengorgeant dans son faux col de papier.

— Et où avez-vous appris tout cela, grand Dieu ?

— En enfer !...

— En enfer?

— Dame! on n'est pas parfait!

— Ah! au milieu des flammes, vous avez eu la force d'âme...?

— Les flammes! Allons donc, c'est de l'histoire ancienne. Là-bas comme ici, ils ont inventé un tas de bêtises qu'ils appellent le progrès... Tiens! moi, par exemple, je suis condamné à être vertueux à perpétuité!... Ça m'embête!

— Décidément votre conversation devient bien intéressante, monsieur Jean Hiroux.

— On se doit à ce qu'on aime, répondit le guillotiné avec une nuance de sentiment; depuis que ma femme m'a fait des traits avec mon exécuteur testamentaire, j'ai un faible pour les victimes du sexe perfide, c'est ce qui m'a décidé à te rendre une petite visite.

— Mais je ne suis pas marié, moi, monsieur Jean Hiroux.

— Tu es bien plus complet, innocent jeune homme ; car tu es... à plaindre avant la cérémonie.

— Que voulez-vous dire? balbutia Babylas.

Jean Hiroux ne répondit pas ; mais ses yeux, ces terribles yeux que le jeune homme ne pouvait rencontrer sans frissonner, s'abaissèrent et se fixèrent sur un morceau de papier à moitié consumé qui était tombé devant le lit.

C'étaient les restes de l'allumette à l'aide de laquelle le docteur avait allumé son cigare.

Babylas se pencha et ramassa l'objet que lui désignait Jean Hiroux. Alors les lueurs sombres que jetaient les prunelles embrasées, devinrent plus éclatantes et inondèrent la chambre de clartés rougeâtres qui ondulaient comme les flammes d'un brasier.

Ces clartés étaient assez vives pour que Babylas pût reconnaître sur ce papier l'écriture de son ami le docteur.

Le feu avait respecté la plus grande partie des caractères ; ce qu'il en restait expliquait suffisamment ce qui avait disparu. C'était le modèle d'une lettre de faire part, et cette lettre annonçait le mariage du docteur Cotton avec Marianne Michel.

Babylas poussa un cri de rage ; il porta la main à sa tête pour s'arracher une poignée de cheveux, mais ses doigts ne rencontrèrent et n'arrachèrent que son bonnet de coton, qu'il lança avec violence contre la muraille. Pendant un instant il fut insensible à l'angoisse que lui causait le terrible tête-à-tête, il voulut aller réveiller son ami, lui reprocher sa duplicité, son mensonge ; il avait déjà commencé à se précipiter à bas de son lit, un regard de Jean Hiroux l'arrêta dans son mouvement.

— Calmons nos nerfs, ma petite vieille, lui dit celui-ci avec un ricanement diabolique ; c'est le moyen de faire de l'ouvrage propre et gentil. — Moi qui te parle, je me laissais toujours tirer quelques onces de sang avant de saigner les autres. — Concluons, comme dit *l'avocat bêcheur* (1); — tu vois clair dans tes soupçons, il est évident que ce gredin de carabin t'a roulé comme une pâte feuilletée.

— Il s'est conduit avec une indélicatesse monstrueuse !

— Dis, scélératesse, ça rime et ça convient mieux entre amis.

— Abuser ainsi de ma confiance !

— Ça t'apprendra ; la confiance, vois-tu, constitue une véritable provocation à tous les crimes, un attentat aux bonnes mœurs.

— Qu'il soit tranquille, reprit Babylas, qui, emporté par sa colère, ne paraissait pas soupçonner les intentions provocatrices de son horrible confident ; une fois qu'il m'aura restitué

(1) Le procureur, l'avocat général.

mes cinq cents francs, du diable si jamais, je lui ôte mon chapeau.

La figure de Jean Hiroux devint sérieuse.

— De quoi ! fit brutalement la tête en s'inclinant sur sa base avec un expression moqueuse, monsieur est philanthrope? monsieur est pour l'abolition de la *fièvre* (1)?

Babylas sentit le froid de la mort passer dans ses veines, ses paupières se contractèrent convulsivement sous les regards fulgurants que dardait sur lui le guillotiné.

— Je voudrais bien voir ça, reprit ce dernier ; puisqu'il est convenu que je t'aime, je ne peux pas souffrir que tu te déshonores. — La faiblesse est la honte de l'humanité. — Approche-toi de lui *à la muette* (2), découvre la chemise, et vlan ! entre la cinquième et la sixième côte !

(1) La peine de mort..

(2) En silence.

— Mais c'est une horreur! s'écria Babylas.

— Les opinions sont libres. Vive la Charte!

— C'est un crime que vous me conseillez là!

— Les crimes sont toujours des affaires, et les affaires sont souvent des crimes. — Pense donc qu'il y a là vingt mille francs en beaux jaunets qui reluisent! j'en ai des éblouissements! Ah! tonnerre! si javais des mains dans les yeux.

— Vous qui étiez, disiez-vous, condamné à être vertueux!

— J'ai cassé ma chaîne, je suis en rupture de ban.

— Oui, tu es un gueux, un bandit!

— Jase, jase; quand on a été au feu de la cour d'assises, on est fait au sifflement des épithètes. Je te forcerai à être heureux, malgré toi, mon petit Babylas.

— Je ne veux pas l'être à ce prix, cria Babylas, auquel l'horreur de devoir quelque chose à ce terrible auxiliaire, prêtait des forces surnaturelles.

— Ne fais donc pas de façons. — Tiens, je veux bien renoncer à mon projet, si tu peux me jurer sur le salut de ton âme que tout à l'heure, lorsque je t'ai arrêté, aucune pensée de vengeance n'était entrée dans ton cœur, tout lâche et tout pusillanime qu'il est.

Babylas courba la tête et resta muet.

— Ah! ah! reprit Jean Hiroux avec son rire sauvage, voilà bien les hommes! Leur premier mouvement à tous est de mordre, et on ne punit que ceux qui se sont débarrassés de la muselière. — Allons, gare! c'est moi qui plaiderai ta cause, mon petit Babylas.

Celui-ci joignit les mains pour implorer Jean Hiroux, mais devant ces narines effroyablement dilatées, devant cette bouche contractée, en face cette physionomie qui semblait par avance s'énivrer du sang à répandre, il comprit que toutes ses supplications seraient vaines.

— Je vais crier, je vais appeler, balbutia-t-il.

— Égosille-toi! le rasoir à *Charlot* (1) est un remède souverain contre les maux de gorge.

— Ou plutôt je vais te flanquer par la fenêtre, tête damnée!

Babylas se dressa sur sa couche pour exécuter sa menace; mais, avant qu'il fût parvenu à se débarrasser de ses draps, il était retombé paralysé par une terreur plus poignante encore que ne l'avait été celle qu'il avait éprouvée à l'éclat de rire de Jean Hiroux.

La chambre s'était peuplée d'effroyables fantômes.

Les débris humains qu'il avait vus la veille dans le cabinet de son ami Cotton, sortaient

(1) La guillotine.

par groupes affreux du plafond et des murailles.

Les mains, les bras, les jambes coupées s'avançaient vers lui avec des gestes menaçants.

D'autres têtes, les sœurs de la tête de Jean Hiroux, s'approchaient en roulant sur le parquet avec un bruit sinistre et faisaient cercle sur le tapis.

Le cadavre, si merveilleusement conservé dans son entier par le procédé du docteur, avait ramassé le bonnet du jeune homme, l'avait placé sur sa propre tête et manifestait clairement l'intention de prendre place entre les draps, à côté du maître du logis.

Des lambeaux informes d'une chair que l'on voyait palpiter, grouillaient dans tous les coins.

Babylas ferma les yeux, et, au prix d'un effort surhumain, il parvint à arracher la couverture des doigts glacés du cadavre qui l'avait déjà saisie, il s'en voila le visage et se blottit dans la ruelle.

Mais, par un nouveau prodige, à travers ses paupières, malgré l'épais tissu dont il les avait doublées, le sens de la vue n'avait point perdu de son acuïté chez le pauvre homme; rien de ce qui se passait dans la chambre ne lui échappait.

De quelque côté qu'il se retournât, il apercevait la tête de Jean Hiroux dans un hideux épanouissement de gaieté.

— Eh! eh! lui disait encore cette tête, vous avez bu à la santé des morts, mes petits messieurs; voici les morts qui vont vous prouver qu'ils se portent bien.

Alors, la cheminée se détacha de la muraille, et s'avança dans la chambre, marchant sur ses deux pilastres comme un invalide sur ses deux béquilles, et avec un mouvement ondulatoire par lequel, Jean Hiroux, de dessus son socle, semblait vouloir imiter les poses chorégraphiques du docteur.

En passant devant le lit de Babylas, le guillotiné leva un des membres de marbre qui lui servaient de jambes et le brandit comme une massue au-dessus de la tête de l'infortuné jeune homme.

Puis l'horrible groupe se remit en marche et pénétra dans le salon.

Il se fit un grand silence dans l'appartement.

Les bruissements, les murmures de tous les spectres s'étaient tus, on n'entendait que les craquements du parquet sous l'énorme masse, et les ronflements du docteur.

Bientôt ce dernier bruit fut le seul qui arrivât à Babylas.

Il était évident que Jean Hiroux était arrêté devant le lit où reposait le médecin.

Le jeune homme essaya de crier.

Comme si elle eût deviné sa pensée, une des mains des fantômes, rapide comme la pensée, se glissa entre les plis du linge et s'appliqua sur la bouche de Babylas.

Celui-ci souhaita de mourir.

Il lui semblait que ses cheveux devaient être devenus blancs.

Il essaya de murmurer une prière.

Mais en ce moment un coup sourd et mat fit trembler la maison, un gémissement étouffé expira avant d'avoir été achevé et aussitôt tous les membres-spectres entre-choquant leurs chairs durcies, éclatèrent en effroyables applaudissements.

Lorsque ce tumulte fut apaisé, Babylas, qui écoutait, en proie à une angoisse intraduisible, n'entendait plus la respiration du docteur.

La cheminée revenait à sa place.

Sur sa tablette des pièces d'or, mises en

mouvement par les soubresauts de cet étrange véhicule, dansaient et tintaient en s'entre-choquant.

Au moment où elle passait devant Babylas, les regards de celui-ci rencontrèrent les griffes de chimères qui formaient la base des chambranles.

Il s'aperçut qu'une de ces griffes était souillée d'un sang frais, il distingua une boucle de cheveux collée sur le marbre.

Il perdit le sentiment de ce qui se passait autour de lui et s'évanouit. . . . .

. . . .

. . . .

—

ÉPILOGUE

—

OU JEAN HIROUX CONSOMME SON DERNIER FORFAIT

—

Lorsque Babylas revint à lui, il faisait grand jour et le soleil, filtrant à travers les persiennes, zébrait les rideaux de larges bandes de pourpre.

On entendait au dehors le bruyant ramage

des oiseaux de la grande ville, des marchands ambulants dont les clameurs discordantes appelaient les chalands.

En reprenant ses sens, en se sentant revivre, le jeune homme éprouva cette volupté douce qui suit les évanouissements.

Ce ne fut que quelques instants après qu'il commença à sentir la douleur aigüe qui succède aux grandes commotions.

Cette douleur le rappela à ce qui s'était passé pendant cette nuit terrible, mais les rayons du soleil, mais les bruits joyeux qui protestaient contre ses souvenirs de mort, le rassurèrent.

Il se demanda s'il n'avait pas été le jouet de quelque horrible cauchemar.

Il promena lentement ses regards autour de lui.

Ses yeux s'arrêtèrent sur la tête du guillotiné, que, la veille, il avait placée sur sa cheminée, un tremblement involontaire agita tout son corps.

Mais cette tête avait repris sa rigidité de statue, elle était horrible comme la mort, elle était muette comme elle.

Babylas passa péniblement la main sur son front.

La conviction que son cerveau avait été le seul théâtre de la scène de la nuit, devenait de plus en plus forte.

Il acheva de se rassurer en se promettant de reporter immédiatement chez son ami la cause première de cette horrible hallucination.

En ce moment, un rayon du prisme, traversant la chambre, vint se jouer sur le velours de la cheminée, où il fit miroiter les fauves reflets du métal.

Pendant quelques secondes, qui lui semblèrent autant de siècles, Babylas demeura immobile, pétrifié, anéanti de stupeur.

Ce rayon lui avait indiqué une masse d'or et de billets placés entre la tête de Jean Hiroux et l'un des candélabres.

D'un bond il s'élança hors de son lit et se précipita dans le salon.

Un épouvantable spectacle l'y attendait.

Le docteur Cotton, la tête mutilée, fracassée, entrouverte, était étendu sans mouvement sur le divan qui lui avait servi de lit.

Les draps dans lesquels il avait dormi et que dans son agonie il avait repoussés, s'étaient imbibés du sang qui avait ruisselé sur le carreau; ce sang les avait maculés d'énormes taches d'un brun rouge.

Babylas se jeta sur le corps de son ami.

Il lui parlait, il l'appelait, il le secouait, il s'accusait.

Il lui demandait pardon avec une voix étranglée par les sanglots.

Il lui jurait de voir sans envie son mariage avec Marianne Michel.

Il lui promettait de ne jamais réclamer les cinq cents francs.

Il se reprochait de n'avoir pas dompté son effroi, lutté contre les spectres, averti le pauvre docteur si lâchement assassiné sous ses yeux, et il interrompait chacune de ses phrases pour conjurer celui-ci de lui répondre.

Le docteur Cotton restait insensible à ces tendres démonstrations, car il était si bien mort, que son corps était déjà froid.

Lorsqu'il eut enfin conscience de l'inutilité de ses pleurs, de ses cris, Babylas se leva brusquement, rentra dans sa chambre, saisit la tête du fatal Jean Hiroux, ouvrit la fenêtre et voulut lancer dans la rue le meurtrier de son ami.

Mais, au moment où il élevait le bras qui tenait la tête pour projeter celle-ci avec plus de violence, Babylas poussa un épouvantable cri de douleur, glissa sur le parquet et tomba si malheureusement sur l'appui de la fenêtre, qu'emporté par le poids de son corps, il fut lancé lui-même au dehors, tournoya plusieurs fois dans l'espace et s'abattit sur le pavé . . .

. . . .

. . . .

Deux jours après, on lisait dans les journaux judiciaires :

« Un double crime, dont quelques circon-
» stances semblent avoir un caractère em-
» prunté à quelque légende du moyen âge,
» est venu jeter l'effroi dans le faubourg des
» Batignolles, ordinairement si paisible. —
» Vendredi matin, vers neuf heures, M. X...,
» un des plus honorables habitants de cette
» commune, s'est volontairement précipité
» par la fenêtre de son appartement, situé au
» quatrième étage, au moment même où la

» concierge qui lui apportait son déjeuner, » frappait à sa porte. — Lorsqu'on a relevé » M. X..., il avait cessé de vivre ; mais une » douloureuse surprise attendait les témoins » de cette scène et devait presque immédiate- » ment leur révéler les causes de ce suicide. » — En pénétrant dans l'appartement, on » a découvert dans le salon le cadavre de » M. le docteur C..., que M. X..., ainsi que » l'a démontré l'autopsie, avait lâchement » assassiné pendant son sommeil. — La France » sentira vivement la perte de M. le docteur » C..., qui était l'inventeur d'un procédé » pour l'embaumement des corps, procédé » dont il emporte le secret dans la tombe. — » Une particularité qui est demeurée inexpli- » cable, a vivement impressionné tous ceux » qui ont assisté à cet horrible drame. — En » relevant dans la rue le corps de M. X..., on » a trouvé attachée à la main droite, quelle

» étreignait entre ses dents, une tête hu-
» maine, conservée d'après la méthode de
» M. le docteur C... — La contraction qui ri-
» vait, pour ainsi dire, cette tête à la main du
» meurtrier, était si puissante, que l'on a dû
» renoncer à l'en détacher, et que l'on a été
» forcé de lui donner place dans le cercueil
» où l'on a déposé le corps de M. X...

FIN.

CONCORDIAE FRUCTUS

sous le rapport du style. Au sujet de Furetière, les mots de procès et de plaidoirie cessent d'être des allégories; Furetière fut effectivement en procès avec l'Académie, procès qu'il plaida jusqu'à sa mort et qu'il perdit, sans avoir été jugé autrement que par ses adversaires. La postérité a relevé Furetière de cet arrêt en adoptant son *Dictionnaire universel*, qui, revu d'abord par Basnage et ses associés, ensuite par les P. P. Jésuites de Trévoux, est resté l'encyclopédie la plus complète de notre langue.

Les pamphlets de Furetière se ressentent du feu de la dispute; et il ne faut pas oublier, en les lisant, que l'auteur était attaqué dans sa personne et dans son honneur. Ils n'en sont pas moins un monument d'érudition et un véritable modèle de style pamphlétaire. Nodier en jugeait ainsi : il considérait les *Factums*, le premier et le second surtout, comme un *excellent plaidoyer*, comme un *exemple de faire polémique*, et comme un *trésor de saillies*, digne d'être *compté parmi les modèles de la satire en prose*; et s'étonnait que la quantité de faits d'histoire littéraire qu'ils renferment ne leur eussent point donné, « dans le commerce de la librairie, plus d'importance et de valeur qu'ils n'en ont communément. »

La dernière édition des *Factums* est de 1694 : l'oubli qui étonnait Nodier s'explique peut-être par la haine persistante du corps illustre que Furetière eut pour partie dans son procès. La surprise, ou plutôt le regret qu'exprimait, en 1835, le célèbre lexicographe, portera-t-il bonheur à notre édition? Nous l'espérons. Nous n'avons, du moins, rien négligé pour que ces curieuses pages de notre histoire littéraire se présentassent au public accompagnées de tous les éclaircissements désirables. M. Charles Asselineau, qui en a écrit l'introduction et les notes, y était tout préparé par les soins qu'il a déjà donnés, de concert avec M. Edouard Fournier, à la nouvelle édition du *Roman bourgeois*, Paris, (*Bibliothèque Elzévirienne*).

Outre les pièces justificatives réunies à la suite de l'édition de 1694 (Amsterdam, Henri Desbordes), on trouvera, à la fin du second volume, plusieurs documents nouveaux extraits de différents recueils, correspondances, etc.

Quel que soit le sort de cette édition, nous nous féliciterons d'avoir remis en lumière un ouvrage qui, au jugement de l'éditeur, n'est pas indigne de prendre place entre *Les Provinciales* et la *Confession de Sancy*.

Deux volumes imprimés sur papier vergé, ensemble de plus de 800 pages.

PRIX DES DEUX VOLUMES : 7 FR.

www.ingramcontent.com/pod-product-compliance
Ingram Content Group UK Ltd.
Pitfield, Milton Keynes, MK11 3LW, UK
UKHW021043230726
13926UKWH00004B/1631